文春文庫

二十六《にじゅうろく》夜《や》待《まち》の殺人

御宿かわせみ11

平岩弓枝

藝春秋

目次

神霊師・於とね……7
二十六夜待の殺人……39
女同士……69
牡丹屋敷の人々……100
源三郎子守歌……135
犬の話……166
虫の音……193
錦秋中仙道……225

龍土町

二十六夜待の殺人

神霊師《しんれいし》・於《お》とね

一

ここ二、三日で満開になったと思われる藤棚の下を通って、神林東吾《かみばやしとうご》が「かわせみ」の庭から、るいの部屋の縁側に近づくと、障子のむこうで、如何にも嬉しそうな女同士の笑い声が聞えている。

「どうした。馬鹿に陽気だな」

狸穴《まみあな》の方月館から歩いて来た袴《はかま》の埃《ほこり》をはたきながら、東吾が声をかけると、驚いた顔で女中頭のお吉《きち》が障子を開け、るいがとび立つばかりといった恰好で出て来た。

「店の前を通ったら、ちょうど、客がたて込んでいるようだったから、勝手に裏から入って来たんだ」

太刀をるいに渡して、縁側へ腰をかけると、お吉がすぐに、すすぎの仕度をする。

「藤がよく咲いたな。今が見頃じゃないか」

座敷へ通って、長火鉢の前にすわろうとして、東吾がひょいとみると、神棚に金と赤の、派手な御幣《ごへい》がおいてあって、お燈明がついている。

「なんだ、こりゃあ……」

大方、商売の縁起物かなんぞだろうと思いながら、十日も方月館の稽古で留守をした東吾としては、一応、亭主づらをして訊《き》いてみると、るいがひどく困ったような顔をした。自分で返事をしないで、救いを求めるように、お吉を眺める。

「いえ、あの……それは、でございます」

すすぎの後片付を下働きの女中にいいつけて、お吉は神妙な様子で敷居ぎわにすわり込んだ。

「若先生は竹川町の神霊師様の噂《うわさ》をきいていらっしゃいますか」

「なんだと……」

咄嗟《とっさ》にシンレイシ、という言葉の文字が思いつかなかったのだが、

「神様の霊を司《つかさど》る人のことなんです」

「行者のことか」

「いえ、於《お》とね様のお父つぁんは行者だそうですが……」

「於とね……」

「女の生き神様なんです。そりゃもう、大変によく当るって評判で……」

「占い師か」

ふっと東吾が笑い、お吉が真剣に否定した。

「いいえ、生き神様なんですよ。どんなことだって、おあてになるし、病も治してしまうんですから……」

るいが初摘みの新茶の茶碗をさし出しながら、つけ加えた。

「東吾様はお笑いになりますけれど、この新茶をお持ち下さった遠州の清名軒さんですけれど、御次男が尾張町に茶問屋のお店をお持ちになっていらして、お国元の茶園のほうから、毎年、今時分に新茶の荷を、御当主の重五郎さんとおっしゃる大旦那がお持ちになって江戸へ出ていらっしゃるのですけれど……」

「かわせみ」の宿が気に入って、息子の家へは泊らず、毎年、ここを定宿にしているのだが、

「たまたま、御次男さんのお嫁さんが、竹川町の神霊師様の話をして、ごく軽いお気持でみておもらいになったんですって……」

それが昨年のことで、於とねという生き神様の神託では、すみやかに遠州へ戻って、茶畑に霜よけをするように、というものだったという。

「重五郎旦那が、その話を私どもになすって、いくらなんでも八十八夜もすぎたことだし、霜よけとは合点が行かないとおっしゃっていらっしゃったんですけれど、遠州へお帰りになって、とりあえず、御自分の茶畑に霜よけをするようお命じになったそうです

の。そうしたら、本当に急に寒くなって遅霜が下りて、山側の茶畑で霜よけをしていなかったところは、さんざんの目にあったとか……」

お吉が大きく合点した。

「清名軒さんは、すっかり有難がって、今年もいろいろとみて頂いているようです」

「それでお前達も行ったってことか……」

金と赤の御幣を見上げて東吾が訊ねた。

「いったい、なにを占ってもらったんだ」

「お吉は殿御《とのご》運はないけれど、生涯、お金に不自由なく幸せに暮せますって……」

とるいがいい、お吉が有難そうに神棚へむかって頭を下げた。

「あたしは、もう嫁に行くのは真っ平だと思っていましたから、本当にいいお告げを頂戴しました」

「そいつは、花より団子だな」

女中が呼びに来て、お吉は東吾の皮肉に全くこたえない顔で、いそいそと立って行った。

「るいも、みてもらったのか」

二杯目の新茶で煎餅をつまみながら東吾が訊き、るいが袂《たもと》で顔をかくした。

「なにをみてもらったんだ。商売繁昌か、それとも縁談、失《う》せ物か」

「二年の中《うち》に、出来ますって……」

「なにが出来るんだ」

「存じません」

つんとして、るいが出て行ってから、番頭の嘉助《かすけ》が行燈《あんどん》の油を足しに来た。

ぼつぼつ、暮れ方の気配である。

「竹川町の生き神様というのが、大層、はやっているらしいな」

苦笑しながら、東吾がいった。

「清名軒の主人は、今度は、なにをみてもらったんだ」

「それが……」

嘉助が眉をひそめるようにした。

「江戸の御次男さんのお内儀さんに、まだお子が出来ませんので……」

「いくつなんだ。その次男夫婦は……」

「千之助さんとおっしゃる若旦那が二十七、お内儀さんのお久さんが二十三だそうで……」

「まだ、若いんだ、心配することはない」

膳の用意をして戻って来たるいに、大声でいった。

「大体、むかしっから、仲のよすぎる夫婦にゃ、子供が授かりにくいっていうだろうが……」

嘉助は、年齢よりも遥かに身軽く、早々に女主人の居間を去った。

二

数日後、東吾が八丁堀の道場の稽古を終えて外に出ると、むこうから着流しでやって来た畝源三郎《うねげんざぶろう》に出会った。

「これから、湯屋へ行くところですが、一緒に行きませんか」

と源三郎が誘って、東吾もそのまま、近くの大黒湯へ行った。

八丁堀の旦那の中には、日中は、まず、客がないのを良いことに、故意に女湯に入るという連中もいるのだが、源三郎は無論、男湯で、東吾と広い湯舟にとっぷりつかっている。二人にとって幸いというべきか、この時刻は女湯のほうが混んでいて、男湯は、客が少い。

「源さんは竹川町の生き神様の話を知っているか」

東吾が水をむけ、源三郎はざぶりと顔を洗った。

「評判になったのは、二年ほど前からですが、この節は、かなり遠方から信者が押しかけてくるそうですな」

「いったい、どんな婆あなんだ」

源三郎が、東吾の顔をみた。

「生き神様ですか」

「大方、むかしからある巫女《みこ》の口よせのようなものだろう。祭壇に護摩なんぞを焚いて、御幣をふり廻して、お前の家の裏庭には柿の木があるだろう。それがよくないから直ちに伐《き》り倒してしまえなどと御託宣を並べる奴だ」

「成程」

汗の出た顔で源三郎がうなずいた。

「百聞は一見にしかずといいますから、東吾さん、明日にでも竹川町へ行ってみますか」

翌日、まだ朝の風がさわやかな時刻に、東吾は尾張町の自身番へ出むいた。約束通り、源三郎は先に来ていて、傍に東吾が顔を知らない男がついている。

「生き神様の父親は陰陽道《おんようどう》の行者で五哲といい、母親が清信尼と称しています、ついでながら、生き神様のお住いは、信者が寄進したお堂で月明殿というそうでして、一応、お寺社の御係となるので」

いわゆる新興宗教といえども、寺社奉行の管轄ということで、畝源三郎はそっちへ仁義を通したらしい。

若い男は、寺社奉行配下で児玉進之助と名乗った。

「どうも、世の中が不穏になると、生き神だの、占いだのが、はやり出します」

鹿爪《しかつめ》らしいみかけよりは、ずっとくだけた口調で児玉進之助は二人の先に立って、竹川町へ案内した。

尾張町ほどではないが、表通りは商家が軒を並べて賑わっている。

「行者の五哲と申しますのは、以前はこの先の出雲町の裏店《うらだな》に住んでいまして、近くで大黒天の堂守をして居りました清信尼と夫婦になって、近所の者から頼まれると厄払《やくはら》いなどを致していたようです」

寺社係だけあって児玉進之助は、竹川町の生き神様の素性については、くわしかった。

「於とねと申しますのは、五哲と清信尼の間に生れた娘で、子供の頃から大層な利発者だったそうですが、今から三年ほど前に霊夢を受け、物事を予見したり、不可思議な霊力を持って、病を治療したりするようになったと聞いて居ります」

「不可思議な霊力というのは、どんなことを致すのですか」

と東吾が訊いた時、児玉進之助が路地へ入った。その突き当りに御堂のような建物がみえる。

正面には紫の幔幕《まんまく》を左右にひき上げて、その下の階段《きざはし》を上ったところに白い頭巾の尼がいて、信者でもあろうか初老の男と話をしている。

「ともかく、ごらんになったほうがよいでしょう」

児玉進之助は東吾にそういって、白頭巾の尼に近づくと、二言三言、話をして、東吾達のところへ戻って来た。

「ちょうど、御祈禱のはじまるところだそうで、声を立てないように、こちらへ……」

御堂の中は小暗かった。

信者がお籠《こも》りでもするような広間があって、その先に中庭がある。

児玉進之助は中庭を左にみて廊下を廻って行った。

奥まった所に御簾《みす》が下っていた。

中庭をはさんで、こちら側から窺《うかが》うと、御簾の前には若い男が両手を突いて、頭を垂れている。

更に、その前には白い着物に緋《ひ》の袴をつけ、髪をおすべらかしにした女が、祭壇にむかって榊《さかき》の枝を捧げている。

祭壇には供え物が飾ってあって、大きな水盤がおいてあった。

やがて、女が榊の枝を水盤の水にひたし、頭を垂れている男の体を三度、軽く叩いた。

澄んだ声で呪文《じゅもん》のようなものを唱えている。

女の顔が中庭からの陽の光で、僅《わず》かにみえた。

「ほう……」

東吾が思わず呟《つぶや》いたのは、女が若く、美しかったからである。みたところ、彼女が於とねという名前の、生き神様に違いない。

呪文が終ると、生き神様が、若い男の手を取った。掌に顔を近づけるようにして見ているのは、手相を判じてでもいるのだろうか。男が顔を上げて、なにかいっているようだが声は聞えない。

児玉進之助が、そっと東吾と源三郎をうながした。廊下のむこうに、白頭巾の尼が音もなく現われた。

「申しかねますが、於とね様のお気が散りますので……」

ここを去れということであった。

入口に近い広間へ戻ってくると、先程、尼と話していた初老の男が、白衣の行者と共に待っていた。

行者が五哲で、初老の男は、

「手前は竹川町の名主、太田七左衛門でございます」

と挨拶《あいさつ》をした。

広間の鴨居《かもい》の上には月明殿と書いた大きな額が掲げてある。

「なんぞ、お役人様が、こちらに御不審でもございますので……」

不安そうに訊いた。

「いや、不審というのではない。あまり、世上に、此方の生き神様の評判が高いので、後学のため参っただけのことだ」

畝源三郎が答え、七左衛門がほっとしたように頭を下げた。

「名主どのも信者か」

と訊いたのは東吾で、それには五哲が返事をした。

「名主様には、この月明殿の御寄進を受けて居ります」

「そいつは、大したものだな」

東吾の視線を受けて、七左衛門は両手を胸の前で合せた。

「於とね様には、手前の一人娘の命を助けて頂きました。何人ものお医者に診て頂いても、治りませなんだものが、こなた様のお力で……」

「どこが悪かったのだ」

「どこと申しまして……ただ、日ごとに食が進まず、夜更けに起き出して宙をさまようように歩き廻ったりなぞ致しまして……狐がついたの、悪霊にとりつかれたのなんのといわれて、加持祈禱を致しましても、なんの効き目もございませんでしたのに、於とね様が御榊のお水をふりかけ、お祓《はら》いをして下さいましたところ、その夜から粥《かゆ》を三杯も食べまして、みるみる中に元気になりまして……」

良縁にも恵まれて、今は幸せな毎日を過しているといった。

「手前の力の及ぶ限り、於とね様にお礼奉公をさせて頂きたいと存じて居ります」

名主の話の尾について、行者姿の五哲が得意満面で喋《しゃべ》り出したのを聞くと、尾張町の能の太鼓を打つ、樋口久左衛門は或る朝、手が上へあがらなくなり、太鼓を打てなくなってしまったのが、於とねの祈禱によって本復《ほんぷく》したとか、二丁目の畳表問屋、恵比須屋八郎左衛門のところでは、下女が行方不明になって、どう探してもみつからず、於とねに占ってもらった結果、水の中にいるといわれて、普段、使っていない古井戸を調べたら、下女が投身していた等と、生き神様の霊験あらたかなこと、この上もない。

そこへ、若い男が奥から出て来た。

二十六、七の、役者にしてもいいような男ぶりである。

「こちらは、清名軒さんでございます」

七左衛門が紹介し、若い男が東吾たちに目礼した。顔色はあまりよくない。

「どうでございました、於とね様の仰せは……」

五哲が訊ね、清名軒の若主人は低く応じた。

「やはり、むずかしいと……」

「それでは、暫《しばら》く、御祈禱をお続けなさることですな」

「どうぞ、お願い申します」

肩を落して帰って行く男を見送って、東吾が呟いた。

「むずかしいとは、子供が出来ないということか」

五哲は変な顔をしたが、すぐうなずいた。

「左様でございます。千之助さんの親御様が遠州から出ておいでになって、なんとか一日も早く、初孫をと、たのしみにしておいでなのでございますが……」

「千之助は、みたところ、尋常な様子だが、女房の体が弱いのか」

七左衛門がいった。

「いえ、左様なことはございません。嫁に来て以来、病で寝ついたとも聞きませんし、いつも元気よく働いて居られますが……」

「それじゃ、何故、子供が出来ないと生き神様はおっしゃるのだ」

五哲が数珠《じゅず》をつまぐった。

「これぱかりは、神仏の思《おぼ》し召しでございますから……」

新しく信者が入って来て、東吾たち三人は月明殿を辞した。

ちょうど時分どきなので、尾張町の大和田で鰻飯を食べようということになって、児玉進之助を誘うと、喜んでついて来た。

「驚いたな。巫女というから、てっきり白髪の婆さんが御幣を振り廻していると思ったんだ」

酒が好きだという児玉進之助につき合って、白焼きで一杯やりながら、東吾が笑った。

「生き神様というのは美人でないと流行《はや》りませんな」

憮然《ぶぜん》として児玉進之助がいった。

「手前の知る限り、繁昌している寺は、住職が若くて美男と相場が決っているようです」

「しかし、よく治るものですね」

信心とは無縁のような源三郎が首をひねった。

「榊の水をかけたぐらいで病気が治るのでは、苦労して医者になる者はありますまい」

「まあ、それが信心と申すものですよ」

若い寺社係は、割り切っている。

「於とねというのは、いくつだろうな」

口をはさんだのは東吾で、

「たしか十九とか聞いています」

餅は餅屋といった顔で児玉進之助が答える。

「ぼつぼつ年頃だが、嫁に行くわけには行かないか」

「それはそうです。生き神様が嫁に行ったら、神通力は失《な》くなりましょう」

「内緒で男を作ったら、どうなる……」

「その辺のところは、わかりかねますが、信者というのは、案外、敏感なものですから」

「かわいそうに、あたら花の盛りを金儲け一筋か……」

「そんなことをいうと、罰が当りますよ」

畝源三郎がおかしそうにまぜっ返した。

大和田を出たところで、東吾は源三郎とも児玉進之助とも別れた。

源三郎がみていると、八丁堀の方角へは帰らずに山下御門のほうへ歩いて行く。

三

東吾は番町へ出た。

訪ねて行った先は、将軍家御典医天野《あまの》宗伯《そうはく》の屋敷である。

留守かも知れないと、あまりあてにせずに取り次ぎを頼んでみると、天野宗太郎《そうたろう》が気軽く玄関へ出て来た。

「やあ、東吾さん、久しぶりですな」

相変らずの人なつこい笑顔で、自分の仕事場へ案内した。三方の壁にぎっしりと書棚が並んでいる。

天野宗太郎とは、彼が長崎遊学から江戸へ戻って来た折、ひょんなことで知り合って以来の友人であった。

「ここは、わたしが呼ぶまで、誰も来ませんから……安心して、なんでも話して下さい」

火鉢にかけてあった鉄瓶の湯で、器用に自分で茶をいれた。

「俺が内緒の話で来たと、どうしてわかった」

「東吾さんが、突然、やってくるのは、大方、御用の筋でしょう。それとも、おるいさんの具合が悪いのですか」

「いや、あいつは息災《そくさい》だ」

大ぶりの茶碗を取り上げて、一口飲んでみると、日本の茶とは違う味がした。

「漢方の茶ですよ。長い道を歩いて来たあとには、疲れを取り去って、気を鎮めます」

「どうも、あんたと話をしていると調子が狂うな」

寒井千種と名乗って「かわせみ」へやって来た初対面の時から、とぼけた男だと思ったが、それは、宗太郎の地であるらしい。

「今日、教えてもらいたいのは、年頃の娘が或る時、食べるものも食べられなくなって、夜中にふらふらと歩き廻るというのは病気なのか」

「夢遊病とでもいいますか、いわゆる心の病ですよ。なにかものをひどく思いつめたりすると起ります。たとえば、田舎から急に江戸へ出て来た者が、友人も出来ず、仕事にも馴れず、ひたすら故郷へ帰りたいとのみ念じていたりすると、そのような症状を呈します」

「榊の枝で水をふりかけただけで治るか」

「方法はなんであれ、その者の心を開ける相手が出来れば簡単に治ります。つまり、心の悩みを聞いてやり、やさしく力になってやることです」

「親では駄目か」

「他人のほうがいいようですね。親兄弟と常日頃、なんでも話し合っているような人間なら、そうした病にはかかりにくいものです。それに、人は案外、親には打ちあけにくいことを持っているのではありませんか」

「それはそうだな」

もう一つ、訊かせてくれ、と東吾がいった。

「急に腕が上へあがらなくなったのだ。按摩や灸でも治らなかったものを……」

「榊の枝で水をふりかけたら、治ったのですか」

「そうらしい」

「按摩や灸というのは速やかに効果のみえるものではありません。腕が上らなくなったといって、大さわぎをしてあれこれ、治療をしてみる。その中に、なにかで筋肉が固くなったか、筋を違えたかしたものが、徐々にほぐれて来て、たまたま、美女が榊の枝で水をかけてくれたのがきっかけで動くようになるということはあるでしょうな」

「竹川町の生き神様の噂を知っていたのか」

「手前の父のところへ、何人か、かけ込んで来た患者がいますよ。生き神様の御幣をもらって、毎日、おがんでいたが、苦痛が去ったように思ったのは、ほんの一刻で、あとは半死半生、危うく手遅れになるところだったと、父が立腹していました」

「成程……」

「人間とは厄介なもので、心を病んで、それで体を悪くした場合は信心で治ることがあります。しかし、体の中の働きそのものに疾患がある時は、いくら、御幣を振っていても治るわけがありません」

「どうも今日は、さんざんだな」

茶碗に残っていた漢方の茶を飲み干して、東吾は立ち上った。

「その中、一杯やろう。改めて誘いに来る」

「いいですね」

玄関まで送って来た宗太郎に、東吾がそっと訊いた。

「子供が出来ないというのも、病のせいか」

「そういう場合もありますよ。なんなら、東吾さんとおるいさんを診てあげましょう」

一瞬、絶句した東吾へ笑った。

「しかし、子供が出来ないからといって、夫婦の情が薄くなるものでもないでしょう」

東吾が照れた。

「俺はいいんだ。ただ、その……るいの奴が子供好きなんでね」

這《ほ》う這《ほ》うの体《てい》で、東吾は天野邸をとびだした。

外はもう、おぼろ夜である。

尾張町一丁目の茶問屋、清名軒の女房、お久が月明殿の広間の鴨居に真田紐《さなだひも》をかけて首をくって死んでいるのがみつかったのは、それから十日ばかり経ってのことである。

東吾は、その知らせを「かわせみ」からとんできた嘉助から聞いた。

「かわせみ」には清名軒の若主人、千之助の父親である重五郎が泊っている。

「今朝、尾張町の清名軒から知らせが来まして、重五郎旦那はすぐ、店のほうへかけつけて行きました。ですが、お嬢さんがひどく心配なすっていますので……」

大事な常客のために、るいが心を痛めているときいただけで、東吾は嘉助と一緒に大川端へ行った。

るいは蒼白な顔で、神棚に燈明を上げている。

「お前が心配したところで仕方がない。おっつけ、源さんがなにか知らせてくるだろう」

月明殿の中での事件だから、当然、寺社奉行の係だが、いわゆる名刹《めいさつ》というのではなく、まして首くくりをしたのが、商家の内儀だから、おそらく町方も立ち会うだろうと東吾が判断した通り、間もなく、畝源三郎が「かわせみ」の暖簾《のれん》をくぐった。

「清名軒重五郎は、尾張町の悴《せがれ》の店でお久の通夜をすることになったので、今夜はむこうへ泊るということづてです」

お吉に清めの塩をまいてもらってから、源三郎は裏から庭へ廻って、るいの部屋の縁側へ腰をおろした。上へはあがらない心算《つもり》のようである。

「手前は児玉進之助から訊いたのですが、お久は昨夜遅くに、月明殿へ参って、お籠りをしたいと申し出たそうです。それで、お籠り堂にしている広間へ通して、暫くは於とねが御祈禱をし、深更になってからは於とねも五哲や清信尼も、別棟になっている住いのほうにひき取って休んだといいます」

夜があけて、五哲が広間へ行ってみると、お久が鴨居にぶら下っていて、それから大さわぎになった。

「手前は、これから竹川町へ戻ります。お寺社のほうに疑念がなければ、取調べは町方に移しますので……」

源三郎が帰り、夜になってから東吾はるいと一緒に尾張町の清名軒へ行った。

通夜はごく内輪にとり行われていた。なにしろ、自殺である。

ちょうど、るいと東吾が清名軒の店へ入った時、奥で怒号が聞えた。

「只今、お内儀さんの御実家の親御様がおみえになって居りまして……」

番頭の長右衛門が途方に暮れたようにいった時、怒りで顔を真っ赤にした老人を、その妻女らしいのが抱えるようにして、奥から出て来た。二人共、目を泣き腫らしている。

「お待ち下さい。少々、お待ちを……」

追って来た千之助には目もくれず、足早に清名軒を出て行く。

「どうしたのだ」

東吾の問いに、千之助はかすかに頭を下げ、そのまま、奥へ戻って行く。

「ともかくも、御焼香をお願い申します」

るいの顔をよく知っている番頭が案内して、奥へ通ってみると座敷には祭壇が設けられお棺の脇には重五郎と千之助がすわっていた。

「これは、わざわざ、恐れ入ります」

重五郎が挨拶し、二人が焼香を終えるのを待って、別室へ伴った。

そこに、畝源三郎もいる。

「多分、お耳に入ったことと存じますが、お久の実家では、手前共親子が、お久を殺したように申しまして、遺体をひきとるといい出しまして……幸い、こちらの畝様のおとりなしで、一度は立ち帰りましたが……」

重五郎が手拭を出して涙を拭いた。

「何故、お久の親は、左様なことを申したのだ」

さりげなく、東吾はうちしおれている清名軒の親子に目をくばった。

「五哲どのが申されたそうでございます。お久は、もしも、子供が出来ない時は、離縁されると、大層、なやんで……それで、あのようなことをしでかしたと……」

「そういう話が、この家の中であったのか」

重五郎なり、千之助なりの口から、子供が出来なければ実家へ返すと、お久を責めたのかという問いに、親子が激しく首をふった。

「とんでもない。手前も千之助もさようなことは考えもせず、口にしたおぼえもございません」

「では訊くが……昨夜、お久が月明殿へ参ったのを、千之助は知っていたのか」

人形のような男前の若主人が、うなずいた。

「お久が、どうしても、もう一度、お籠りをしてみたいと申しまして……手前は、もう、あきらめようと話しました。たとい、子供が出来なくとも、夫婦むつまじく暮せればそれでよし、先々は養子をもらっても、家の祭祀《さいし》を絶やすことはございません。それで充分だと、手前の考えを打ちあけました。ですが、お久はせめて最後にもう一度だけ、神仏にすがって子供が授かるよう祈願をこめたいといいまして……それで手前が月明殿まで送って参り、五哲どのにも、清信尼どのにも、よろしくお願い申して、お久をおいて帰りました」

「なにも死ぬことはなかったのでございます。子供が出来ないくらいのことで……」

重五郎がうめくようにいい、東吾が訊いた。

「何故、子供が出来ないと思いつめたのだ。夫婦とも、まだ年も若い。何故、そんなにも焦ったのだ」

「於とね様が御神託を下されたのでございます」

千之助がいった。

「於とねが……」

「はい、もともと、於とね様を信じていたのはお久でございますが、手前もお久に勧められて、占いを受けたことがございます」

「それが、俺達が月明殿で、其方をみかけた時だな」

あの折、暗い表情で月明殿を出て行った千之助を東吾と源三郎はみている。

「於とねは、あの時、其方になんと申したのだ」

「手前とお久は前世の悪運で結ばれているので子供は到底、授からない。そればかりか、無事、添いとげることもむずかしいと……」

「それでお前は、なんといったのだ」

「前世の悪運と申されても、手前もお久も、どうしようもないことでございます。よしんば、左様なことがあったとしても、ひたすら神仏を祈り、世の中に善根をほどこして、なんとか障碍《しょうげ》を免かれたいと、その方法を於とね様にお訊ね申しましたが、自分の力では、如何とも出来ないと仰せられまして……」

「それを、お久に話したのか」

「いいえ、申しません。話せば、お久が苦しむだけでございます。それに、お久は手前よりも於とね様を信仰して居りましたから、これ以上、お久の悩みを深くしてはならないと存じまして……」

「しかし、お久も於とねの口から、同じことを聞いていたかも知れないぞ」

「それはわかりませんが……手前には左様には申して居りません」

「お前がお久に話さなかったのと同様、お久も、お前に聞かせず、自分の胸の内だけで苦しんでいたとは思わないか」

千之助が青ざめた。

「或いは、左様かも知れません」

「情ないことでございます」

聞いていた父親が新しく涙をこぼした。

「縁あって夫婦になった者が、前世の悪縁でこのようなことになりますとは……」

清名軒を出て東吾はるいを送りがてら「かわせみ」へ帰った。畝源三郎が一緒についてくる。

「於とねや五哲たちは、清名軒の通夜に来たのか」

「来なかったと思いますよ。信者の話では、神託に従わなかったために、不幸になったと五哲がいっていたとか……」

「かわせみ」では嘉助やお吉が待ちかまえていた。

「生き神様もなんとかならなかったもんですかね。仮にも生き神様なんだから、前世に障碍があったって、そこをなんとかして下さるのが生き神様ってものじゃありませんか」

話をきいて、早速、お吉が口をとがらせた。

「人間の出来ないところをお助け下さってこそ、生き神様だと思いますよ」

嘉助のほうは、もっときびしかった。

「もしも、清名軒のお内儀さんが、於とねという女のお告げとやらが原因で、首をくったのなら、生き神様どころか、そいつは人殺しですよ。そんな奴らを野放しにしておく手はありません」

流石《さすが》にお吉が慌てて手を振った。

「そんなことをいったら、番頭さん、罰が当りますよ、お告げはお告げなんですから……」

「お告げだなんて……口から出まかせじゃありませんかね」

「およしなさいったら……鶴亀、鶴亀……」

ふっと、東吾が源三郎をみた。

「もしも、口から出まかせじゃなかったら、どういうことになる……」

源三郎が目の奥に力強いものを浮べた。

「手前も、それを考えていました」

四

通夜には来なかった於とねが、野辺送りの終った夜に清名軒を訪れ、自分の力が足りず、お久を死なせたことを千之助に詫びて帰ったという知らせを聞いてから、東吾は、それとなく月明殿と清名軒を見張るように、源三郎に頼んだ。

於とねが清名軒を訪ねたことで、清名軒のほうも、於とねに対するこだわりが少しずつ薄くなったようであった。

お久の四十九日がすむまでは遠州へ帰らず、江戸に止まっている舅《しゅうと》の重五郎も、

「やはり、嫁がああいうことになりましたのも、前世の悪縁かも知れません。この上は悴が一日も早く、お久のことを忘れて、元気になってもらいたいと存じます」

などと、「かわせみ」の嘉助やお吉に話すようになった。

「死ぬ者貧乏とはよくいったものだと思いますよ。あれじゃ、お久さんがかわいそうです。いいお嫁さんだったたっていうのに……」

そこは女で、お吉が反撥し、訪ねて来た東吾にいいつけた。

「お舅さんがああじゃ、お久さんの実家が怒るのが当り前です」

「千之助のほうはどうなのだ。あっさり、女房を忘れたようか」

「いえ、悴さんのほうは、まだ実があって、毎日、仏壇にお経をあげ、お久さんの好物を供えては涙をこぼしているそうです」

「それでなけりゃ、女房も浮ばれねえな」

「でも、重五郎さんは悴さんが元気になるようにって、於とねさんにお祈りをしてもらっているそうですよ」

そして間もなく「かわせみ」では重五郎から、千之助が月明殿で特別のお祓いを受けることになったときかされた。

「於とね様がおっしゃるには、今のままだと、お久の悪縁が、千之助にとりついて、千之助の命を縮めることになる。そうならない前に、あの世からお久の霊を呼び出して、千之助に対面させ、於とね様のお祓いで、怨念をとりのぞこうというのです」

そのためには、深夜、月明殿へ千之助が行って、夜明けまで、お籠りをするという。

「それで、悴さんは承知なすったんですか」

と訊ねたのは嘉助で、

「はい、悴もとり殺されてはかなわないと、お祓いを受ける気になりました」

と重五郎が答えた。

やがて晦日《みそか》。

月のない、夜の中を、ひっそりと千之助が月明殿に入った。

出迎えたのは清信尼で、案内されたのは奥の一間で、中央に二畳ばかりの空間を残して、四方を屏風《びょうぶ》でとり囲んである。

「ここへ、おすわりなされ」

清信尼にいわれて、中央に千之助は正座した。

清信尼の足音が遠ざかり、あとは静寂の中に、かすかな香の匂いが流れてくるだけになった。

部屋の中はまっ暗である。どこからか、ゆっくり呪文が聞えて来た。

於とねの声のようである。

呪文がとだえると、於とねがいった。

「千之助どの、お久どのは煩悩の火に焼かれて、修羅地獄をさまよって居りますぞ。お久どのを解脱《げだつ》させる道は只一つ……間もなくお久どのがそなたの前に姿を現わします。夫婦の最後の契りをなされ。力の限り、お久どのを抱いて、煩悩をとり払っておやりなされ」

声が消えると、闇の中には香が強くなった。

音もなく、一人の女が千之助に近づいてくる。暗い中で、女の肌の温かみと匂いが、千之助に無言でいどみかかった。

最初は怖れおののいていた千之助だったが、女は遮二無二、千之助にまつわりつき、やがて、彼をふるい立たせた。

おそるおそる、導かれて抱いた女躰は千之助を翻弄し、恍惚へいざなった。二つの肉体が忘我の境を行き来して、どちらの口からも歓喜の絶叫が上った時、女が突然、怖しい調子で叫び出した。

「わたしが、お久を殺した……」

地の底から這い上ってくるような妖気の声である。

「殺したのは五哲……お久の首を締め、鴨居からつるした。わたしのために……わたしが千之助を好いたから……わたしはお久が憎い……毎夜、千之助に抱かれているお久がねたましい……死ね、お久……」

廊下に、ふっと灯がともった。男の影が三つ。

千之助がそれに気がついた時、廊下とは反対の襖《ふすま》があいて、五哲と清信尼がころがり出た。

「於とね、お前、なんということを……」

廊下側の障子を東吾が開けた。

源三郎と児玉進之助の手燭の灯が、素裸の男女と、度を失ったような五哲と清信尼を照らし出す。

その中で、於とねが大声でわめき続けた。

「わたしがお久を殺した。お久が憎い、千之助をわたしのものにしたい……五哲がお久を手にかけた」

地獄の声だと思い、東吾も源三郎も背筋に冷たい汗が流れるのを感じた。

於とねと五哲、清信尼の三人は捕えられて、寺社奉行の調べを受けた。

於とねは夢からさめたように、けろりとしていたが、五哲と清信尼のほうは我が子が地獄からの使者のようにみえるといい、怖れおののいて、なにもかも、奉行に白状した。その結果、三人はお久殺しと、世をさわがし町民をたぶらかした罪によって獄門にかけられた。

そして一カ月。

「かわせみ」の障子がいっせいに簾戸《すど》にとりかえられた日に、天野宗太郎を釣りにさそった東吾が、「かわせみ」へやって来た。

夕風の快い居間で、るいの手料理が出て、酒になる。

「於とねのような女は時々、いますよ。まあ一種の病気だと我々は考えていますが、何故そうなるのかは、はっきりしません」

釣りの間も、その話をしていたらしく、天野宗太郎は雄弁であった。

「於とねの場合は、子供の時から異様なほど勘がよかった。行者どもは、それを霊感などといいますが、親が陰陽道の行者だから、多少、その影響もあるでしょう。たまたま、いくつかの偶然か、奇特か、その辺は断言しかねますが、神通力らしいものをみせて信者が押しかけた。生き神様になったのはいいが、なかみは年頃の娘です。人並の欲望もあれば、男に恋をすることもある」

於とねが、千之助を欲しいと訴えた時、娘を銭もうけの手段にしていた親は、なんとしても、娘の無理を承知せざるを得なかった。

「しかし、あの時は驚いた」

　盃を手にして、東吾が苦笑した。

「千之助のお籠りに、なにか起るのではないかと思って、児玉進之助をそそのかして、源さんと三人で張り込んでみたのだが、あっという間に暗闇の中で落花狼藉だろう。大の男が三人そろって、あんな声を聞かされては、たまったものじゃなかった」

「若先生は、最初から於とねが千之助さんを好いていると気がついていらしたんですか」

　お酌をしながら、お吉が訊いた。

「俺たちが最初に月明殿へ出かけた時に、於とねが千之助の占いをしていたんだ。中庭越しに遠くからみていたら、男の手を女が握りしめたり、さすったりしていやがる。いくら手相をみるといっても、あれはおかしいと思ったんだ」

　それにしても、千之助と抱き合ったあと、突然の於とねの変化だけは、わけがわからないと東吾がいい、宗太郎が微笑した。

「残念ながら、現場をみせてもらえなかったので、たしかなことはいえませんが、生娘《きむすめ》が女に変化した衝撃と、人殺しという衝撃と、二つのことが重なり合って、神経に強い作用があったとでもいうのかも知れません。とにかく、於とねは心を病んだ。ひょっとすると、自分が生き神様になり切って、於とねという女のしでかしたことを、告発したと考えると、少し、納得出来るような気がしますよ」

「どうも、女はおっかねえな」

釣って来た魚のあらかたを一人で食べ、東吾の三倍もの酒を飲んで、宗太郎は機嫌よく、番町へ帰りかけたが、るいが気をきかせて呼んだ駕籠に乗る時、思いついたように、小声でなにか、るいの耳にささやいた。

るいが、頬を染め、丁寧に宗太郎にお辞儀をする。

駕籠が去って、東吾は酔った足どりでるいの部屋へ戻った。

「あいつ、なんだといったんだ」

酔いざめの水を旨そうに飲み、東吾はるいをみる。

「あなたが、お笑いになりますから、申しません」

「いえよ、まさか、あいつ、お前をくどいたんじゃあるまいな」

「東吾様がお泊りになる時、あまり、お酒を沢山、さし上げませんようにって……そうすれば、すぐにでも、出来ますって……」

「なんだと、あの野郎……」

月が大川の上に昇っていた。

三日月である。

縁側には蚊やりの煙が細くなびいて、夏の気配が濃くなっている。

「あなた、お召しかえを……」

るいにうながされて、縁側から部屋へ入った東吾は、神棚の上の金と赤の御幣が、いつの間にかなくなっているのに気がついた。

そのかわりに、小さな犬の置き物が、首におみくじを巻いて供えてある。

「おい、今度は、どこの寺だか、神社だか、願をかけに行ったんだ」

東吾の声が明るく、るいの忍び笑いがそのあとに続いた。

二十六夜待《にじゆうろくやまち》の殺人《さつじん》

一

雑司ヶ谷音羽町の西側は、なだらかな大地が、江戸川に沿って長く伸びている。

古くは関口村と呼び、殆どが畑地であったが、やがて町屋が許されて、町方と代官の両支配になった。

武家地も多く、大名の下屋敷もある。

が、総じて、閑静なものであった。

高台から見渡すと、早稲田の村や、高田の森を望み、春は菜の花に蓮華草の咲く一面の花畑が、夏は蛍見物、秋は虫の音を尋ね、紅葉を愛《め》で、冬は枯野に積る雪景色と、四季それぞれの風情は、よく文人の筆になった。

その関口駒井町の西に、目白不動、新長谷寺がある。

大和の長谷寺の末寺で、寺地は千七百九十二坪、御本尊の不動明王は弘法大師の作といわれ、参詣人は少くない。

境内に愛染明王《あいぜんみようおう》の御堂があって、そのむこうは江戸川へ向って崖になっている。

六月二十七日の早朝、その崖下の江戸川が流れ込んでいる水辺に、男の死体が俯《うつぶ》せになっているのを、新長谷寺の寺男がみつけた。

死体の身許は、すぐにわかった。

日本橋本船町の表具師で今井有斎、俳諧師としては、少々、名前の知れた男で、同じ町内の同好の士と共に、前夜から二十六日の月参りに、愛染明王の御堂へ来ていたものであった。

「東吾さんは、俳諧のたしなみがありますか」

ぼつぼつ日も暮れようという大川端の「かわせみ」へ、畝源三郎が埃だらけの顔をのぞかせた時、神林東吾は湯上りで、蚊やりの煙の流れてくる縁側に出て、しきりに団扇《うちわ》を使っていた。

十日間続いた狸穴《まみあな》方月館の代稽古が昨日、終って、昨夜から「かわせみ」の恋女房、るいの許へ帰って来ている。

「なんだか知らないが、源さんのその恰好は、風流とは無縁のようだな」

苦笑して、東吾はるいに声をかけ、どうやら遠い道を歩いて来たような畝源三郎に、すすぎの水を運ばせた。

で、るいの居間へ上って、早速、畝源三郎が懐中から取り出してみせたのは、半紙を二つ折りにしたもので、その一番上の一枚に、次のような文句が書いてあった。

月待つと　その約束の　かねの音

六夜の月　高くなるまで待たせておいて

筆遣いは、なかなかの達者であるが、ところどころ、墨がかすれている。

「これが俳句だというのか」

「俳句としたら、あまりいい出来ではありませんね」

「習作にしたところで、ひどいものだ。一人よがりというか、まるで意味がわからないじゃないか」

「わたしも、そう思います」

「誰が作ったんだ。まさか、源さんじゃあるまいな」

「死体の懐中にあったものか、或いは当人が手にしていたのか、ともかくも、今井有斎の死体の近くに落ちていました」

「今井有斎……」

「俳諧師です。本業は表具師で、日本橋本船町に住んでいました」

「殺されたのか……」

「当人が、あやまって落ちたのではないかともいわれていますが……」

「場所は……」

「雑司ヶ谷、音羽の目白不動の崖の下、江戸川に浮んでいたそうです」

男二人の間で、酒の仕度をしていたるいが、それで顔を上げた。

「もしや、そのお方、昨夜の二十六夜待に、愛染様へおこもりにいらしたのでは……」

源三郎が、うなずいた。

「おっしゃる通り、おこもりが半分、風流が半分だったようですが……」

二十六夜待は六夜待とも呼ばれ、一種の神事であった。

二十六日の夜、紺屋《こうや》では愛染明王を祀って家内安全、商売繁昌を祈念する。

愛染明王は、本来、弓矢を持つ武運の神であったが、愛染のアイが、藍染めに通じるとして、いつの間にか、染物に関係する商売の守護神になった。愛染の文字から、女性の信者も多い。

当時、江戸では、愛染信仰の二十六日の月参りとして有名なのは、板橋の日曜寺の愛染明王、四谷南寺町の愛染院、それに下谷三味線堀大久保家の屋敷内に勧進された愛染明王などであったが、それらに次いで、目白不動の愛染明王も人気が上っていた。

二十六夜待というように、二十六日の月の出を待って、祈願をするものである。

「今井有斎は、別に愛染明王を信仰していたわけではありませんが、彼の俳諧の弟子の一人に、本船町の藍玉問屋藍屋伊兵衛と申す者が居りまして、その者の口から、目白不動の二十六夜待の話をきいて、なにか名句が浮ぶのではないかと、仲間を誘って出かけたそうです」

有斎と一緒に目白不動に出かけた者たちの話によると、月の出を待って一句ひねろうと各々、境内を歩いたり、木かげにたたずんだりして、苦吟していたという。

「俳句作りに熱中して、うっかり、崖から落ちたというわけか」

「単純に考えれば、そうなりますが……」

「おかしなことがあるのか」

「わたしがみて来た限りでは、もう一つ、すっきりしません」

るいの用意した酒を一口だけ飲んで、東吾が庭を眺めた。

「昨夜の月の出は、何刻頃だったかな」

「今時分のことですから、かなり遅いでしょう」

寝て待つ月の頃であった。

「俺たちは、寝ちまってたな」

あけすけに、東吾がいい、るいが頬を染めて、軽く打つそぶりをした。

「今井有斎の通夜は、本船町の家でだな」

東吾が訊き、源三郎がうなずいた。

「先程、遺体が戻りましたから……」

「飯をくったら、ちょっと行ってみるか」

「そう願えると助かります」

心得て、るいが飯の仕度に、お吉を呼んだ。

「それにしても、俳諧師ともあろうものが、こんな下手くそな句を詠むものかな」

改めて、東吾が半紙の文字をみた。

「今井有斎の筆蹟に間違いないのか」

「仲間の人々に訊ねましたが、左様だと申して居ります」

そそくさと飯をすませて、東吾と源三郎は「かわせみ」を出た。

夏のことで、あたりはまだ明るさがほのかに残っていて、日本橋川から吹いてくる風が快い。

無論、月はまだ上っていなかった。

今井有斎の家は、本船町でも路地一つへだてて安針町という奥まったところで、みたところ、そう大きくもない。

玄関の格子には喪中の札が下り、家の中からは読経が聞えていた。

「若先生……畝の旦那……」

暗い中から、嬉しそうな声がして近づいて来たのは深川の長助《ちょうすけ》であった。畝源三郎から手札をもらっている岡っ引の一人である。

「ちょうどいいところへ……実は、今から、かわせみへ御相談を申しに参ろうかと思っていたところなんで……」

東吾が笑った。

「長助親分が、なんで、ここにいるんだ。今井有斎とつき合いでもあったのか」

深川と日本橋、縄張り違いである。

「有斎の女房、といっても祝言をしたわけじゃねえんですが、小万といいまして、深川で左褄《ひだりづま》をとっていた女なんです」

二人の間には二歳になる娘もいて、長助の長寿庵の近くに、一軒、家を持って住んでいる。

「今日の午《ひる》すぎに知らせが来まして、そりゃもうびっくり仰天しちまいまして、まあ近所のよしみで、あっしがこっちへ来て、大家とも相談したんですが、有斎には他に身よりもないことで、内縁でも女房は女房ですから喪主になって不都合もなかろうてんで、さっき、つれて来たんです」

「有斎に、家族はなかったのか」

「ございません。少々、変り者で、五十に近くなるまで、かみさんも貰わずにいたそうでして……」

「通夜の客は多いのか」

「それほどでもねえようで……。なにしろ、急なことですから近所の衆と、目白不動へ一緒に行った俳諧仲間の旦那方と……」

「読経が終ってからでいい。その連中と話をしてみたいが……」

「よろしゅうございます。少々、こちらでお待ちなすって下さいまし」

長助が案内してくれたのは、玄関脇の閉め切ってある部屋で、今井有斎の生前の仕事場であろう、表具師の道具が机の上に片づいている。

待つほどもなく、通夜が終って僧侶も客もぞろぞろと帰って行く。

「お待たせ申しました。どうぞ、こちらへ」

長助が迎えに来て、東吾と源三郎は立ち上った。

六畳二間を、襖《ふすま》を取り払って、床の間に祭壇がしつらえてある。

棺に近いところに、女がうつむいてすわっていた。

せいぜい三十そこそこであろうか、髪飾りも化粧っ気もないが、どことなく垢抜けてみえる。

それが、有斎の内縁の妻、小万であった。

反対側のほうに、ひとかたまりになっているのは、どれも裕福そうな商家の旦那方であった。

東吾と源三郎が焼香をすませるのを待って、その中の一人が挨拶《あいさつ》をした。

「お手数をおかけ申してあいすみません。手前は藍屋伊兵衛でございます」

その隣のやや年若なのが、伊兵衛と同業の藍玉問屋、富士屋の主人、丈兵衛で、その後にいるのが絵具染草問屋の、

「大坂屋仁兵衛と申します」

他の三人は、麻苧《あさお》問屋の山田屋万右衛門と、同じく伊勢屋徳三郎、末席にいるのが足袋《たび》股引問屋の尾張屋庄吉だと名乗った。

いずれも三、四十代のようである。

この六人が、有斎と一緒に目白不動へ二十六夜待に出かけた者たちであった。

「実は、私どもはみな、有斎さんから俳諧の手ほどきを受けて居りまして、月に一度か二度、寄り合いまして、句会を致して居りました。たまたま、手前と富士屋さんとが、藍玉問屋でございまして、愛染様の二十六夜待を致して居りまして、毎月のように、目白不動尊の愛染堂へ詣でます。御承知のように、あそこは大変、見晴らしのよい所で、殊に月の出の風情は、なんともいえませんので、一度、あそこで句会をしてみたらとい い出しましたら、有斎さんが大層、乗り気になりまして……」

昨夜、七人そろって夕方から目白不動へ出かけて行ったという。

「まさか、かようなことになるとは夢にも思いませんで……」

「むこうへ着いたのは、何刻頃だったのか」

東吾が訊き、伊兵衛が他の五人を見渡すようにして答えた。

「まだ、陽が落ちて居りませんでした。目白不動の時の鐘が、ちょうど六ツ（午後六時）を打つ時に着きまして……」

まず、鐘楼から暮れなずむ早稲田村や高田の森を眺めた。

「それから、方丈のすみをお借りしまして、夕飯の弁当をつかいまして、みなよい句を作ろうと気がはやって居りますので、勝手に境内を歩き廻ったり致しました……」

月の出は遅い。

今井有斎を除く六人は、いずれも愛染明王を信仰していた。

商売が各々に、染色にかかわり合いがある。

「それで、私共、六人は愛染様のお堂へ参りまして、お経をとなえ、お供え物を致しまして月の出まで、いつものように、おこもりをして居りました」

そのために、六人はそろって月の出を御堂の縁先で眺めた。

「それからは、各自が好きなように場所を変えて……それでも大方が境内にいたと存じます」

「有斎を見失ったのは、いつだったのか」

「有斎さんは、おこもりをなさいませんでしたので……お姿をみたのは、手前共が愛染様の御堂へ参る時で、まだ、お酒を召し上っておいででした」

「有斎は、愛染堂へは来なかったのか」

「おみえには、ならなかったと思います」

真夜中になって、六人は各々、方丈へ戻って来た。が、有斎は帰って来ない。

「夜あけまで自由にすると決めてありましたし、昨夜は方丈へ泊めて頂くことになって居りましたので……」

あまり気にもしないで、各自、夜具に入ってねむってしまった。

「夜があけて、有斎さんが戻って来ていないことがわかりましたので、心配になって境内を探し廻りました。お寺のほうでも皆さんが手分けをして下さいまして……」

やがて、寺男が江戸川のほうまで見に行って、有斎の水死体を発見した。

「風流が、とんだことになってしまい、なんとも申しわけがございません」

流石《さすが》に憔悴し切った表情で、藍屋伊兵衛が頭を下げ、他の五人が、それに倣《なら》った。

愛染信仰の二十六夜待を、句会と兼ねようとした思いつきが、とんでもない災難を生んだことに、商家の旦那衆としては頭を抱えているようである。

といって、誰の責任というわけでもなかった。

今井有斎があやまって崖から転落して水死したのなら、それは当人の不注意に違いない。

「手前共が目白不動に到着した時は、まだ明るうございまして、みんなで境内を歩きましたから、有斎さんも、崖のところが危険だと御承知だったと存じますが……」

「提灯は、めいめいに用意していたのだろうな」

と、東吾。

「はい。ですが、月の出の時には、あかりはかえって風情をなくしますので、普通は消しております」

「有斎が、誰かに怨まれていたようなことはなかったのか」

六人が顔を見合せた。

「そのようなことは、手前共は聞いて居りません」

俳諧をたしなむ外は、腕のいい表具師であった。

「これは、有斎の書いたものだそうだが……」

東吾が源三郎から、例の半紙を受け取って、六人の前へおいた。

「有斎さんの筆蹟でございますが……」

「これが、俳句か」

伊兵衛が、隣の丈兵衛に相談するように顔をむけ、うなずき合ってから答えた。

「俳句とは思えません。なにか、下書きと申しますか、心おぼえのようなものでは……」

心に浮ぶ、さまざまの言葉を書いて行く中に、一つの俳句が出来上ることがある。

「おそらく、そういったたぐいのものでもございましょうか」

「ところで……」

東吾が六人を見廻した。

「昨夜は、さぞかし、名句が出来たことと思うが……」

六人が照れたように、頭を下げた。

「とんでもないことで……。こんなことになってしまって、俳句どころではなくなりました」

それが本音に違いなかった。

祭壇の蠟燭が短くなって、東吾は源三郎をうながし、通夜の席を去った。

二

翌日、東吾は源三郎と一緒に、雑司ヶ谷の目白不動へ出かけた。

昨日、おとといと二日ばかり梅雨の中休みといった晴天が続いたが、今日は再び、曇り空で、雑司ヶ谷に着く時分には、細い雨が落ちて来た。

方丈で一服し、住職から話を訊いてみると、一昨日の二十六夜待に参集した六人は、みな愛染信仰の常連で、殊に、藍屋伊兵衛と富士屋丈兵衛は藍玉問屋だけあって、月参りを欠かしたことがないという。

「お歿《なくな》りになったお方は、はじめての御参詣でしたが、このあたりは文人墨客《ぶんじんぼっかく》の訪れが決して珍しくはございません。なにしろ風光明媚な土地でございますし、近くには芭蕉翁ゆかりの場所もありまして……」

しかし、二十六日の参詣人の数は、そう多くはなく、

「愛染堂に、おこもりをされたのは、藍屋さんたち御一行だけでございました」

おこもりといっても、狭い御堂にいたのは月の出までのことで、その後は方丈へ戻って休むことになっていたのだが、寺側では部屋を提供しただけで、別に不寝番《ねずのばん》をたてたわけでもなく、従って、七人の誰がいつ方丈へ戻って来たのかは、まるで知らないといった。

「朝になってから、お一人が行方知れずと聞きまして、はじめて大さわぎになりました

ので……」

傘をさして、東吾と源三郎は、境内の崖の上に出てみた。案内してくれた寺男の指すところに、人が転落したのではないかと思われる痕跡がある。

そこからのぞいてみると、江戸川の流れが真下にみえた。

川水は雨のために増して、黒く濁っている。

「二十六日は、お午頃から陽がさしてお天気になりましたが、川は前日までの雨続きで、やはり水かさが増し、流れも急になって居りました」

二十六夜の月の出を眺めて、名句を案じていた今井有斎は、月の出をより一層、美しく感じるために提灯のあかりを消し、そのために、うっかり崖の上からすべり落ちて、江戸川にはまったものだろうと、寺男はいった。

「手前がみつけた時は、川の中に俯せになっておりました。大方、崖から落ちる時に腹でも打って気を失い、そのまま、おぼれたのではないかとお医者も申されていました」

江戸川そのものは、水かさが増したといっても、大の男の腰ぐらいの深さであった。

「ですが、以前、せいぜい膝の下までの水かさで溺れ死んだ人もあります」

寺男に教えてもらって、関口駒井町の医者のところにも寄ってみた。

今井有斎を検屍《けんし》した医者である。

「身体に、少々の打ち身の痕がございました。崖から落ちた時のものでござろうが……おびただしく水を飲んで居りまして、水死に間違いはございませんよ」

と断言した。

全身、濡れそぼって大川端へ帰ってくると、深川の長助が来ていた。

「あいすみません。小万が、少々、おかしなことを申しますので、こいつは若先生に聞いて頂いたほうがいいんじゃねえかと思いまして、つれて来ましたんで……」

その小万は、るいの部屋で待っていた。

有斎の野辺送りをすませて、衣服を改めて出て来た様子である。

「あいにく、源さんは奉行所へ戻ったんだが、俺でよければ、話を聞こう」

手早く、るいが着がえを手伝って、東吾は小万の前へすわり込んだ。

「なにか、有斎のことで、不審なことでもあったのか」

重ねて訊かれて、小万は漸《ようや》く、口を開いた。

「昨日、私が長助親分と本船町へかけつけました時、有斎の家には、もうお人がみえて居りました」

雑司ヶ谷から有斎の遺体につき添って来た人々で、すでに通夜の準備をはじめていたという。

「あたしはとり乱していましたし、それはそれでありがたいと思いましたんですが……」

無事に通夜が終って、人々が帰り、

「深川から手伝いに来てくれていた母と二人きりになりました。私はともかく、母は疲れ切って居りましたので、どこかに布団を敷いてやすませようと思いまして……」

勝手知った押入れを開け、夜具を取り出しなどした。

「それで、ふと、気がついたんでございますが……」

小万は、普段は深川の母親の家に、幼い娘と共に暮していた。

「晴れて女房になったわけでもございませんし、有斎は表具師で、仕事柄、よそ様の大事なお品をおあずかりすることが多うございます」

先祖代々、家に伝わった絵画や書、或いは高名な俳人などが門弟に出した手紙のようなものを、新しく掛け物にしたり、屏風にしたり、表装するのが、有斎の仕事であった。

「幼い子供をつれて、この家へ入りまして、ひょっとして、そうした大切なものを頑是《がんぜ》ない子供が破りでもしては、とり返しのつかないことになると有斎が申しまして、おときが、もう少し大きくなるまでは、別に暮すことに致して居りました」

いってみれば、通い女房のような恰好で、小万が時折、本船町へやって来て、有斎の身の廻りの世話をしたり、部屋の掃除をしたりするのが常だったという。

「有斎は、それは几帳面な性格で、およそ、家の中を散らかしていることがございませんでした」

一つには仕事柄もあったろうが、物の整理整頓はきちんとしていて、どこになにがおいてあるのか、一目瞭然であった。

仕事場の棚の上に並べてある物は、どれも一定の方向をむけて揃えてあるし、押入れの中も同様であった。

「それが、なんとなく様子が違うと思いましたのです」

夜具の積み重ね方が、いつも有斎がしているようではなかった。

「そう思って、改めて、あちらこちらをみて廻りますと、どこもかしこも、いつもとは違って居りました」

「つまり、誰かが、そこら中を荒らしたというのか」

「荒らしたというほどではございません。ただ、誰かが手を触れて、元通りにしておいたというふうでございます」

「通夜の仕度のために、いじくり廻したのではないか」

「或いは、そうかも知れませんが……」

どうも、それだけではないといった表情をしている。

「有斎は、あの家に一人暮しだったのか」

「はい、三年前までは、おっ母さんと二人で、家の中のことはおっ母さんがしておいでだったのですが、おっ母さんがなくなってからは一人でした」

いずれは、小万をあの家に女房として迎えるという約束であった。

「有斎の家に、客は多かったのか」

「本職のほうのお客様は、そう多くはなかったと思います。ただ、よく句会をして居りましたので、その時はかなり……」

「句会というのは、夜だろうな」

「はい、皆様、御商売をお持ちでございますから、店が閉まってからお集りになるようで、時には夜あけまで、熱心になさいますとか……」

その常連が、目白不動へ行った仲間のようであった。

「皆様、あの近くにお住まいでございますし」

「その仲間の誰かが、有斎を怨んでいたとは思わないか」

小万が、首をふった。

「有斎は、あの方々に俳句の手ほどきをしただけだと申して居りましたから……」

「はて……」

東吾が腕をこまねき、すみにひかえていた長助が小万をうながした。

「それだけじゃあ、若先生も見当がおつきなさらねえ。なにか、他に思い当ることでもないのかね」

が、小万は、どう考えてもなにもないといった。

「しかし、お前は有斎が、あやまって崖から落ちたとは思っていないのだろう。例えば、誰かに突き落されたと……」

小万が青ざめた。

「そこまでは考えて居りません。ただ、私の知っている有斎は、ひどく要心深いお人で、それこそ石橋を叩いて渡るふうでございました。あやまって崖から落ちるなどとは、どうしても納得が出来ません」

やがて、小万が帰り、長助が畳に頭をすりつけた。

「どうも、雲をつかむような話でして……おさわがせ申してあいすみません」

たしかに、雲をつかむような話だと、東吾も苦笑した。

「俺も小万と同じことを考えているのだ」

今日、目白不動まで行ってみて、

「たしかに、あの崖のところは、月の出をみるには絶好の場所だから、有斎がそこへ行くのは不自然ではない。しかし、有斎はすでに明るい時に境内を歩いて、その崖の下が絶壁になっているのを知っている筈《はず》だ。小万もいったように、要心深い男が暗闇なら尚更、足許に気をつけるだろう。歩いていて落し穴にはまるというならともかく、ただ、崖から足をふみはずすとは思えない」

長助が、東吾の言葉に力を得て、膝を進めた。

「するってえと、若先生は六人の旦那衆の中の誰かが、有斎を突き落したと……」

「疑ってみたいところだが、肝腎の、殺す理由が見当らない」

六人共、本船町の商家の主人であった。よくよくのことでもない限り、人一人を殺すとは考えられない。

「とにかく、六人を洗ってみてくれ。なにか、有斎に怨みを持つことがなかったか」

心得て、長助は帰った。

外は雨である。

「誰かが、なにかを探したのではありませんかしら」

考え込んでいる東吾に、るいがそっといった。

「家中の品物に、他人が手を触れた痕があるというのは……」

「おそらく、探し物だろう。だが、よく探せたとは思わないか」

有斎の遺体と一緒に、六人の旦那衆は本船町の家へ戻って来た。

「それから通夜の仕度だ。一人ならとにかく、六人の目のある中で、一人がそこらを探し廻ったら、あとの五人が不審に思うだろう」

「あやしまれないように、探すことは出来ませんかしら。お通夜の仕度にかこつけて……」

「そうだなあ。その辺りも、長助に調べさせよう」

六人を一人ずつ当ってみて、不審な行動をとった男がいなかったかどうか。

「一人でも、気がついていてくれると助かるが……おそらく、みんな逆上していただろうから……」

通夜の席で東吾がみた限りでは、六人共、俳句などをたしなむだけあって、どちらかといえば、気の優しそうな、柔弱な旦那衆のようであった。

「長助が、うまく探り出してくるといいが……」

東吾の危惧が適中して、十日ばかり手を尽して、六人の旦那衆を調べまくった長助が、げっそりした顔で報告に来たのによれば、六人が六人共、これといって不審な点は見当らないという。

六軒とも、かなりの大店《おおだな》で、商売は順調、格別、左前になっている店はない。

家庭も、全く問題はなく、

「六人共、俳諧に関しては、かなり熱をあげているようですが、その他に道楽もしていねえようで……」

句会で、有斎の家に集るのは月に一、二度あるが、その夜は明け方まで灯がついていて、話し声も聞え、句会を口実に吉原などへしけ込んでいる様子は、全くないということであった。

「朝早くに、しじみ売りなんぞが、あくびをしながら有斎の家を出てくる旦那方をみているそうです」

念のためといい、東吾は小万を立会人にして有斎の家の中をすっかり改めてみたが、格別、なにもなかった。

「そうすると、手がかりは一つか」

東吾が源三郎と相談して、間もなく、小万が、本船町の大家のところへ行った。

有斎には特に身よりもないことから、町役人が、内妻であっても子まで生《な》した小万に、有斎の遺した財産を整理して与えると決ってからのことである。

有斎の家に、金はあまりなかった。

考えてみれば、もっともなことで、表具師としての収入はたいしたものではなく、その上、月々、小万に仕送りをしていたのだから、まとまった金が貯まっているわけはなかった。

それで、小万は有斎の家財道具を処分し、家をたたんで、今まで通り、深川の母親の家で暮しをたてることにしたいと、大家に告げた。

そのことは、大家の口から町内へすぐに知れた。

藍屋伊兵衛と伊勢屋徳三郎が、小万を訪ねて来たのは、彼女が大家のところへ行った翌日のことで、有斎の家財道具を売るというのなら、自分たち六人が買い取ろうという話であった。

「有斎さんとは、日頃、大変、親しくしていたことでもあるし、その形見のような家財道具を他人の手には渡したくないと思いますので……」

この家の中にあるもののすべてを六人が手分けして買うというのである。

金は、古道具屋が来て見積ったものよりも三割方、高く支払った。そのかわり、有斎の衣類から、台所の荒神様《こうじんさま》のお札まで一切、そのままにしておいてくれという。

「六人が集って、一つ一つ、好きなものを分け合いたいので……」

といわれて、小万は承知した。

夕方から、六人がやって来た。

小万には、仕分けの邪魔になるからと深川へ帰るようにいい、彼女が立ち去ると大がかりな家探しがはじまった。

ひそかに窺《うかが》っていた長助の手先の話では、畳を上げ、屋根裏に上り、台所の竈《かまど》の灰の中までふるってみるというほどの念の入れ方であった。

「どうも、あいつらの探しているものは見当らなかったようでございます。朝になって、六人とも、げっそりして帰って行きましたから……」

家探しは毎夜、続いている様子であった。

大家が不審に思って訊ねてみると、なかなか、配分がまとまらないのと、有斎の作った俳句を集めて、追悼の句集を出したいので、反古《ほご》を調べているとのことであった。

「まあ、どう探しても、なにも出て来ないだろう。俺達が、あれだけ探してみつからなかったのだから……」

長助の話をきいていた東吾が、ふと、手を打った。

「そうだ、どうして、それに気がつかなかったのか」

嘉助に、源三郎を迎えにやり、二人そろって深川の小万の母の住居へ出かけた。

長助の長寿庵のすぐ裏にある三軒長屋の一つで、軒には子供の肌着の洗濯物が竿にかかっている。

その幼女の面倒は、小万の母親がみていた。

小万は、深川の料理屋へ通いで女中奉公をしているという。

「この子のことを考えますと、遊んで暮しても行けませんので……」

有斎からの月々の仕送りはなくなったし、その遺した財産も、いくらでもない。

「この家に、なにか、有斎があずけているものはなかったか、それとも、なにか持って来たものは……」

東吾に訊かれて、母親が答えた。

「別にあずかったものはございません。娘は着物とか、髪飾りのようなものを買ってもらって居りましたが……」

「有斎が自分で持って来たものだ。それも、おそらく、今年になってから……」

「三月の桃の節句に、子供のために掛け物を持って来てくれましたが……」

雛人形を飾った隣の、形ばかりの床の間に有斎自身が掛けて行った軸があるといった。

「お雛様と一緒に、しまってございます」

「すまないが、それを出してくれ」

押入れの奥から、母親が桐の箱に入った掛け軸を出して来た。

源三郎が広げてみると、遊女が水干《すいかん》、烏帽子《えぼし》をつけて小舟に乗って鼓を打っている絵姿が描かれている。

「これは、浅妻船《あさづまぶね》ではありませんか」

源三郎がいい出した。

宝永の頃、将軍綱吉が柳沢吉保の屋敷へ招かれた折、吉保が自分の妻に白拍子の恰好をさせ、庭園の池に舟を浮べた上で音曲をさせたのが、将軍の御意に召し、そのまま、大奥へ上ることになったというのを、画家の英《はなぶさ》一蝶が風刺して描いたのが、浅妻船の図で、その後、多くの画家が似た絵を描いた。

「つい先頃、中村座で浪枕月浅妻と申す所作事《しよさごと》が大層、評判になったのは、この浅妻船の絵を踊りにしたものだそうです」

「踊りなら、唄があるな」

その唄の歌詞を知っている者はいないかと東吾がいい、長助が近所の長唄の師匠を呼んで来た。

浅妻船の浅からぬ契りをむかし……と歌いはじめる長唄の文句の中に、月待つとその約束の宵の月、高くなるまで待たせておいて、の文句があることがわかって、東吾は決断した。

表具師が来て、浅妻船の絵の掛け軸を丁寧にはがして行くと、絵と地紙の間に一枚ずつ、巧みにはさんであった六枚の証文が出て来た。

藍屋伊兵衛、富士屋丈兵衛、大坂屋仁兵衛、山田屋万右衛門、伊勢屋徳三郎、尾張屋庄吉の各々が、有斎にあてた借用書で、金額は三百両から五百両まで、六通合せると二千両を越える大金であった。

直ちに、六人は奉行所へ呼ばれて、きびしい取調べを受けた。

その結果、六人共に恐れ入って、今井有斎殺しを白状した。

「まあ、なんだって二千両もの大金を、有斎さんに借りていたんでしょう。皆さん、大店の旦那で、お金持、有斎さんは表具師で、そんなお金のある筈もないお人じゃありませんか」

三

事件が明るみに出た昼下り、「かわせみ」のるいの居間には、東吾を囲んで、るいとお吉、それに番頭の嘉助も加わって、源三郎の報告を聞いた。

まず、仰天したのはお吉で、金切り声を張り上げる。

「借金は、花札賭博のためです」

例によって、源三郎は真面目な口調で丁寧に説明をはじめた。

「有斎は、六人に俳諧の手ほどきもしたのですが、花札も伝授したわけでして、六人が六人共、賭けに夢中になりました」

句会と称して、一人暮しの有斎の家へ集っては、夜明けまで花札に興じる。

最初の中は、たいした金額ではなく、負けても勝っても、どうということはなかったが、馴れるに従って、賭け金を増やしてしまい、次第に高額になった。

「いけなかったのは、一回の勝負ごとに金のやりとりをしないで、その都度、帳面につけておいたことです」

何両、何十両負けたところで、実際に金が動かず、帳面の上にだけ、数字が書かれる。

「まるで、子供が木の葉を銭にして、買い物遊びをするように、金としての実感がなくなってしまって、気がついた時には、何百両にもなっていたというのですから、これはもう、病気のようなものと申せます」

何十両なら、まだしも、何百両となっては大店の主人といえども、おいそれと商売の金を持ち出すわけには行かない。家族や奉公人に知れたら、とんだことになるし、下手をすると親から勘当されかねない。

六人の中、四人は父親が隠居はしているものの健在であったし、藍屋伊兵衛と尾張屋庄吉は養子であった。

胴元の有斎の手許にある帳面の借金が鰻登りになって、或る日、有斎は賭けの金を清算しようといい出した。

負けたり、勝ったりの算盤《そろばん》をはじいてみると、六人で、有斎に支払う金は、二千百二十両にもなっていた。

有斎は六人に一人ずつ、証文を書かせ、その支払いをうながした。

「有斎にしてみれば、この辺りが汐時と思ったのでしょう。小万と所帯を持つためにも、まとまった金が欲しい。ただし、有斎はなにも二千両もの金を、六人に払わせるつもりはなく、その十分の一ぐらいでかまわないと考えていたのでしょうが、六人のほうは、一人数百両を、なんとしても払わねばならないと思ってしまった。このあたりが素人の怖しいところです」

せっぱつまった六人は相談し、遂に有斎殺しを企てた。

「目白不動の愛染参りを思いついたのは、藍屋伊兵衛だそうです」

寂しい場所だし、二十六夜待ともなれば、深夜に有斎を誘い出すのも、むずかしくない。

「有斎は、目白不動へ行くまでは、六人の企《たくら》みにまるで気がついていなかったと思います。ただ、夜になって、なんとなく六人の様子に不安を感じ出し、それで、俳句を書きつけるための料紙に、浅妻船の歌の文句を、少し変えて、書いておいた。万一の時、それが、小万の目に触れて、例の浅妻船の掛け軸に証文がかくしてあるのを悟ってくれるといいと思ったのではないでしょうか」

性来、要心深い有斎は、六人に書かせた借金の証文を、自分の家にはおかず、娘の桃の節句の祝いに持って行った浅妻船の掛け軸の中へかくした。

「表具師ですから、そうした細工はお手のものです」

「それにしても、乱暴なことをしたものですな」

嘉助が首をひねった。

「崖から突き落して江戸川へはまったところで、必ずしも、死ぬとは限りません。万一にも、有斎が生きていたら、とんだことになりましょう」

東吾が眉をしかめた。

「素人ながら、その辺のことは考えてあったんだ」

六人の白状したところによると、深夜、有斎を月の出見物に境内に連れ出して、六人がかりで、彼の頭を手洗《ちょうず》の水につけて溺れさせたという。

「息の止った有斎を崖の上から投げ落し、それから、別の道を下りて行って、江戸川に浮んでいる有斎の死体を確認してから、方丈へ戻ったそうだ」

流石にその夜は六人共、ねむれなかったようで、夜があけるのを待って、もう一度、崖の上からのぞいて死体をたしかめてから、寺へ、有斎がみえないと訴えに行った。

「有斎殺しは、なんとかうまく行ったが、本船町の家へ行って、六人であっちこっち探したが、肝腎の証文がみつからない。六人共、これで、まっ青になった」

証文が、もしも誰かの手に入れば、六人が有斎を殺したことが、わかってしまう。

「家財道具を売りに出すときけば、すっとんで来て、自分たちが買うといい出したのもそのためだ」

それにしても、有斎の家中を探したのは、東吾たちのほうが先だったのに、なにも出て来なかった。

「いや、出て来たものがあったんだ」

使い馴らした花札であった。

「それで、ひょっとすると花札賭博をやっていたんじゃないかと、源さんと二人で考えたんだ」

推量は当ったが、浅妻船の掛け軸がみつかるまでは、どうにもならなかったと東吾が苦笑した。

「判じものみたいな、有斎の書き残した文句が、やっぱり謎ときのきっかけにはなったんだ」

六人は揃って遠島となり、小万母子には一軒百両、合計六百両の金が、有斎の香奠《こうでん》という形で贈られて、この事件は落着した。

小万は、その金を元手にして小間物屋の店を出し、屋号を「浅妻」とつけた。

目白不動は、事件が瓦版に出てから、参詣客が増えたということである。

女同士《おんなどうし》

一

五月五日端午の節供《せっく》の日、青山御手大工《おてだいく》町にある京菓子所、三升屋六右衛門の店の前は、とりわけ、華やかな武者絵の幟《のぼり》が十数本も風に、はためいて居り、又、表座敷には見事な冑《かぶと》人形が飾られて、往来を行く人々の目を惹いた。

京菓子屋であってみれば、端午の節供には柏餅《かしわもち》やちまきを売るが、今日の飾りつけは商いのためのものではなかった。

当主、六右衛門の初孫、一太郎の初節供なのであった。

昨年、五月十日に誕生した一太郎は、初節供が終ると間もなく丸一年になろうという、愛らしい盛りであった。黒紋付の裾を浅黄色にぼかして、そこに鯉の模様を染め出した晴れ着をきせられて、乳母に抱かれている。

その一太郎を囲むようにして、祖父の六右衛門、祖母のとみ、父親の春之助、母親のお美也と家族が揃って店先で祝い客の挨拶《あいさつ》を受けていた。

たまたま、柏餅を買いに来た、みすぼらしい身なりの女が、店先に出ている三升屋一家の中、若女房のお美也をみると、かなり驚いた様子をしたが、やがて、なつかしそうに近づいて声をかけた。

お美也は、最初、戸惑ったように、その女をみたが、満更、見知らぬ顔でもなかったのか、軽く会釈をしたものの、すぐ、別の祝い客のほうへ視線を向けてしまい、二度とその女をふりむくことはなかった。

女は、暫く、お美也を眺めていたが、やがて別な客に押しのけられるようにして店先から姿を消した。無論、三升屋の店の者は、誰一人、その女に注目していない。

その日、麻布狸穴《まみあな》の方月館でも軒に菖蒲蓬《しょうぶよもぎ》を挿し、庭には鯉幟が風に泳いでいた。

方月館の賄《まかない》をしているおとせの一人息子、正吉《しょうきち》のために飾ったものである。

稽古が一段落したところで、東吾が母屋へ戻ってくると、松浦方斎《まつうらほうさい》は正吉と一緒に、柏餅を食べ、おとせの汲んだ茶を旨そうに飲んでいた。

「東吾もここへ来て相伴《しょうばん》しなさい」

と方斎に声をかけられて、東吾はやむなくおとせから柏餅をもらって食べた。

餡《あん》になんともいえない風味があって、それを包む餅の皮も歯ごたえがあり、なかなか上品に出来ている。

「これは、うまいですね」

日頃、甘いものは苦手の東吾が感心し方斎が二つめを正吉に取ってやった。

「近頃は、このあたりでもよい菓子を売る店が出来たらしいな」

「青山の御手大工町にあります三升屋というお店で買いましたの、御近所の方が、大層、おいしいと勧めて下さいましたので……」

東吾にお茶をさし出しながら、おとせが嬉しそうに告げた。

「三升屋さんでも、御主人のお孫さんの初節供だそうで、幟がそれは沢山並んで居りました」

おとせの横から、方月館の番頭役の善助《ぜんすけ》もいった。

「三升屋は、あのあたりでは老舗《しにせ》でございます。家作を何軒も持って居りますし、なかなか、裕福でございますから、節供の飾り物も贅沢なようで……」

健やかな我が子の成長を願う節供であった。

「正吉も大きくなったものだな、ここへ来た時は、これっぱかりの背丈だったのに……」

東吾が手で高さを示し、正吉が胸をそらせて立ち上った。

母親のおとせが昨年の秋、丹精して縫い直した着物が、一冬を越した今、丈《たけ》も裄《ゆき》も、どことなく短めになっている。

「今が一番、伸びる盛りだな」

「間もなく東吾に追いつくな」

「それより、おとせさんが追い越されるのが先でしょう」

賑やかに笑いながら、東吾は正吉と庭へ出て鯉幟を仰いだ。

少年の日、やはり八丁堀の屋敷の庭で、兄と二人、鯉幟を眺めたことが思い出された。

子供の時から東吾よりは甘いものが好きだった兄の通之進《みちのしん》が、幟の下にいる弟へ、そっと自分の柏餅をくれたのが、母が死んで間もなくの端午の節供だったせいかも知れない。

父親から、なくなった母が恋しければ、兄の顔をみよ、といわれて育った東吾であった。

それほど、兄は母親似だったためである。

鯉幟を眺めて昔の思い出にひたっていた東吾は、おとせの声で我にかえった。

「若先生、菖蒲湯が沸きました。汗をお流しになりませんか」

二

五月十五日のことであった。

東吾は八丁堀へ帰って来ていた。

畝源三郎がやって来たのは、夜であった。

「申しわけありませんが、ちょっと顔を貸して下さい」

神妙にいわれて、東吾は兄嫁にことわって屋敷を出た。

兄の通之進は、まだ奉行所から戻って来ていない。

「なんだ、源さん」

源三郎の足が大川端の「かわせみ」へ向っているのに気がついて、東吾は苦笑した。

「まさか、るいの奴が、源さんを呼び出しに使ったんじゃあるまいな」

「残念ながら、そんな粋な使じゃありません」

「かわせみ」に泊った客から、少々、厄介なことを持ち込まれて、東吾の智恵を借りたいという。

「実は赤ん坊が連れ去られたんですが……」

東吾が友人の顔を眺めた。

「かどわかしか」

「どうも、内輪にいろいろとあるようで……」

「かわせみに泊っていて、赤ん坊をかどわかされたのか」

「そうじゃありません。事件が起ったのは青山のほうで……ただ、赤ん坊の母親が、おるいさんの幼友達なんだそうです」

話している中に「かわせみ」の暖簾《のれん》がみえて、その前に飯倉の岡っ引で仙五郎というのが、「かわせみ」の番頭の嘉助と突っ立っている。

「どうしたんだ、仙五郎親分……」

方月館に出入りをしているこの御用聞きは、東吾とはかねてからの顔見知りでもあり、その縁で「かわせみ」にも来たことがある。

「若先生、おさわがせ申してあいすみません。ですが、世の中、広いようで狭いもんでして……三升屋の若いお内儀さんと、こちらのお内儀さんが昔なじみでいらっしゃるなんて、夢にも存じませんで……」

なんとなく、ぞろぞろと暖簾の内へ入ると、帳場の奥の部屋に夫婦らしい若い男女がやつれ切った様子ですわっている。

「こんなところで、なんですけれど、先を急ぐとおっしゃいますので……」

東吾の顔をみて、るいが当惑そうにいい、その声で男女がふりむいて東吾をみた。

「御厄介をおかけ申します。手前は、青山御手大工町の京菓子屋、三升屋の悴の春之助と申します。家内が、こちらのお内儀さんと幼なじみという御縁をたよって、なんとか一太郎の行方を探って頂きたいと存じまして……」

思いつめたような口調を、仙五郎が制した。

「若旦那、そう急におっしゃっても、こちらの先生は、まだ、くわしいことはなにも御存じないんで、とにかく、初手《しょて》からお話し申し上げねえと……」

東吾は奥座敷へ上って、夫婦の前にすわった。

「子供が、かどわかしにあったそうだが……」

「はい、一太郎と申します」

「いくつだ」

「ちょうど丸一年になったばかりで……」

「かどわかしにあったのは、いつのことだ」

春之助が女房をふりむき、眼を泣きはらした若い母親が顔を上げた。瓜実顔《うりざねがお》で、目鼻立ちのととのった、なかなかの器量であったが、流石《さすが》に今は化粧もなく、髪も乱れて痛々しい様子である。

「昨日の昼すぎでございます」

子守のおきみという十五歳になるのが、一太郎をおぶって近くの梅窓院観音の境内へ遊びに行ったところ、一人の女が近づいて来て、おぶっている赤ん坊の様子がおかしいといい、手伝っておきみの背から赤ん坊を抱き取った。

「おきみが申しますには、その人が、どうやら赤ん坊が病気らしい、うっかり背負って歩くととんだことになるから、いそいで、家の人を呼んで来なさい。それまで赤ん坊は抱いていてあげるといったそうで、おきみはびっくり仰天して、店へとんで帰りました。それで、乳母と私が慌てて観音様の境内へかけつけてみますと、どこにも姿がみえません」

最初は、近所の医者のところへつれて行ったのではないかとか、赤ん坊が泣いたのでその辺りであやしてでもいるのかと、探し廻ったがみつからず、三升屋では店の者は勿論、出入りの植木屋まで動員して四方八方、手を尽したが、未だにその女の足どりもつかめず、一太郎もみつからないという。

「かどわかしは、大方、子供をさらっておいて、家族に金を出せといってくるものだ。そんな様子はなかったのか」

どこそこへいつ、どれほどの金を持って来い、などと書いた投げ文が店に放り込まれるのが普通だが、三升屋の場合、今のところ、そんなこともないらしい。

「すると、怨みか」

東吾が仙五郎をみ、仙五郎がうなずいた。

「それが、若旦那のほうに、ちっとばかり心当りがおあんなさるそうで……」

春之助が蒼ざめて、両手を突いた。

「心当りと申しましても……手前は、よもや、あの女が……」

「いいえ」

と叫んだのは女房であった。

「あの人に決っています。一太郎をさらって行ったのは、おぎんさんに違いありません」

「おぎんというのは、なんだ」

東吾に訊かれて、春之助がおどおどと答えた。

「お恥かしいことですが、手前がこれと一緒になる前にかかわり合った女でございまして……。お美也と一緒に日本橋の菊屋さんに奉公していた女でございます」

傍から、仙五郎がつけ加えた。

「若旦那は、つい昨年まで、日本橋通二丁目の京菓子屋で菊屋さんという店で修業をしていたそうでして……」

その菊屋の女中をしていたお美也と惚れ合って夫婦になったのだが、もう一人、やはり菊屋の女中でおぎんという娘とも関係を持っていたらしい。

畝源三郎が東吾にささやいた。

「深川の長助が、只今、菊屋へ参って、おぎんをつれてくることになって居ります」

さっき、一走り日本橋へ行ったという。

「しかし、もしも、おぎんが一太郎をかどわかしたのなら、今頃、のんびりと菊屋にいるわけがないが……」

「それはそうですが、その辺のところも、菊屋へ行けばわかるかと存じまして……」

「そりゃあそうだな」

あっさりうなずいて、東吾はお美也へむき直った。

「あんたは、どうしてかどわかしたのが、おぎんという女だと思ったんだ」

「おきみの申しました女の年恰好がよく似て居りました」

「おぎんさんは、私を怨んで居ります」

「それから……」

流石に、顔を伏せた。

「あんた方が、夫婦になったのは、いつなんだ」

今度は春之助が返事をした。

「実を申しますと、手前とお美也は世間並みの祝言をあげて居りません。親の許しを得ないで、夫婦同然になりまして……その……昨年、お美也が一太郎を産みましたもので漸《ようや》く、親父様の気持がやわらいで、晴れて夫婦になることが出来ましたので……」

いってみれば、修業に出した店の奉公人といい仲になったので、三升屋六右衛門としては、悴の奉公先の菊屋への手前もあって、春之助にいい顔は出来なかったに違いない。

「かわせみ」の表に駕籠《かご》が着いたようであった。

顔中、ぐっしょり汗をかいた長助がまっ先に入ってくる。

「畝の旦那、菊屋の旦那とおぎんさんをお伴い申しました」

菊屋の当主は、六十すぎの温和な老人であった。

「手前、菊屋主人、幸二郎と申します」

丁寧な挨拶をしてから、春之助夫婦に気づかわしげな目をむけた。

「坊やが、かどわかされたというのは本当かね」

春之助が頭を畳にすりつけた。

「申しわけありません。このようなことで御手数をおかけ申し……」

「そんなことはどうでもいい。こちらの親分さんのお話だと、あんた方はおぎんに疑いをかけたようだが、おぎんはそんな大それたことはしていない。昨日も今日も、いつもと変りなく、店で働いていたことは、店中の者が証人になります」

おぎんという娘を、東吾はそれとなくみた。

成程、春之助がおぎんからお美也へ乗りかえたのが納得出来る。ぼっちゃりした丸顔の、ごく平凡な娘であった。器量でも気性でも、到底、お美也に太刀打ち出来ない。

菊屋幸二郎が、畝源三郎と東吾へ向って、静かに、しかし、はっきりした口調でいい直した。

「只今、春之助夫婦に申しました通り、手前共の女中、おぎんは昨日も今日も、間違いなく日本橋の手前共の店に居りました。青山まで参って、子供をかどわかすほどの時間、おぎんの姿がみえなかったということは断じてございません。又、おぎんは手前共の店に寝泊りして居りまして、実家は房州でございます。仮に赤ん坊をかどわかしたとしてもかくす場所もなく、又、大変に気の弱い女でございますから、そのような大それたことが出来る筈《はず》もございません」

東吾が大きくうなずいた。

「委細、あいわかった。手間をかけて気の毒であった。まあ、一服して帰ってくれ」

「ありがとうございますが、三升屋さん夫婦の前に居りますこと、おぎんにとっては、さぞかし、つらい思いかと存じますので、これで失礼させて頂きます」

夏羽織の裾を払って、菊屋幸二郎はおぎんをつれて帰って行った。

仙五郎が、春之助とお美也の夫婦をつれて帰って行ってから、東吾は源三郎を誘ってるいの部屋へ落ちついた。

三

お吉が待っていたように、酒とお膳を運んで来る。

るいの部屋から眺める「かわせみ」の庭は藤の花が咲いていた。

甘い花の匂いが、夜の中にただよっている。

「今年は、いつもより咲くのが遅うございました。藤だけではなくて、つつじの花も、桐の花も……」

桜の花が咲いてから、冬に逆戻りしたような寒い日が続いたりして、今年の江戸の春は不順であった。

「三升屋の若女房のお美也だが、るいとは、どういう幼なじみなんだ」

東吾に訊かれて、るいは盃に酒を注ぎながら答えた。

「娘の頃に、お針の稽古で一緒になりましたの」

水谷町にあった裁縫の稽古所には、八丁堀の組屋敷に住む同心の娘たちも通っていたし、近くの町屋暮しの娘も来ていた。

「あまり申し上げたくないことですけれど、お美也さんのおっ母さんという人は、新川の酒問屋へ女中奉公をしていて、御主人のお手がついて、お美也さんを産んだってきいています」

父親の本妻のほうにも子供が多くて、ひき取ってもらうことは出来なかったが、

「かなりなお金をもらって、おっ母さんと二人、まあ暮しには困らなかった筈ですけれど、その中におっ母さんにいい人が出来てしまって……お美也さんは奉公に出されたんです」

それが、日本橋の菊屋で、そこで春之助と知り合って夫婦になったのだろうと、るいはいった。

「なにしろ、十年以上も会っていなかったんです。今日、急に訪ねて来て……飯倉の仙五郎親分がつれてきたんですけれども……」

帳場で顔を合せて、おたがいにびっくりしたといった。

「そうすると、あの女房はいくつぐらいだ」

「お針で一緒になった頃が十二、三でしたから……二十三、四でしょうか」

当時の娘としては、薹《とう》のたった年頃で嫁入りしたことになる。

「十年も会っていないんじゃ、なんともいいようがないだろうが、るいが知っていた時分のお美也という娘は、どんな印象だった」

るいは、さあといって夜の庭へ視線を逸《そ》らせた。

「その頃から、とてもきれいな娘さんでした。実際の年よりませた感じはしましたけれど、それは子供の時からなにかと苦労したからだと思います」

「気は強そうだな」

「そんなにも思いませんでしたが……」

畝源三郎が、そっといった。

「いや、気は強いでしょうな。春之助という亭主は、尻に敷かれていますよ」

るいが考える目をした。

「一つだけ、おぼえていることがございます。たしか、お針の稽古所でみんなでお喋《しゃべ》りをしていた時に、お美也さんが、あたしは並みのところへは嫁入りしない、必ず、玉の輿《こし》に乗ってみせるって……」

「ほう……」

「そりゃあ、むきになっていったんです。それで、みんな、びっくりしてしまって……でも、お美也さんほどの器量よしなら、そういうことも出来るだろうと話し合ったのを思い出しました」

「玉の輿か」

考えてみれば、妾の子で女中奉公をしていた娘が、裕福な菓子屋の若女房になったのは玉の輿に違いない。

「わたしは、どうもお美也という女が、かなり強引に、おぎんから春之助を奪って夫婦になったような気がしますよ」

源三郎がつぶやいて、東吾は笑った。

「そりゃまあ、男も女も、惚れた相手を自分のものにするためにゃ、けっこう苦労をするものさ」

その夜は、るいの部屋へ泊って、翌日、東吾はるいを誘って、日本橋へ出た。

通二丁目の菊屋は門口も広く、如何にも京菓子を扱う上品な店がまえであった。

るいがあれこれと菓子をえらんでいるのを、いささか照れくさい面持で東吾が待っていると、誰が知らせたのか、奥から主人の幸二郎が出て来た。

「これはどうも、お出でなさいませ」

丁重に挨拶してから、

「お手間をとらせてあいすみませんが、奥で粗茶を一服、召し上って頂けますまいか」

という。

東吾は快く承知した。

店のすみの土間伝いに奥へ行くと庭に出る。そこに茶室があった。

炉に釜がかかっている。

点前《てまえ》は、幸二郎がした。客は東吾とるいの二人だけで、ひっそりと静かな茶室には、通二丁目の賑やかさは伝わって来ない。

薄茶を二服、東吾が旨そうに飲み終えるのを待って、幸二郎は下座に直って手を突いた。

「昨日は、大変、御無礼を申しました。どうか御容赦下さいますように……」

ていた。


「かわせみ」で、あまりに愛想のない振舞をしたのは、

「なんとも、おぎんがあわれでならなかったためでございます」

といった。

この老人が、青山の三升屋の若夫婦によい感情を持っていないのは、東吾も気がついていた。

「実は、そのことについて、今少し、うかがえればと思って参ったのだが……」

東吾のざっくばらんな様子に、老人は心を許したようであった。

「それでは、歯に衣《きぬ》をきせず、申し上げますでございます」

青山の三升屋と、この日本橋の菊屋とは遠縁に当り、代々、三升屋の主人を継ぐ者は、必ず菊屋へ修業にくるならわしになっているといった。

「いってみれば、親類のような間柄でございまして、春之助をあずかりましたのも、左様なつながりからでございます」

その春之助は、菊屋で修業をしている中に、まず、おぎんと親しくなった。

「おぎんと申しますのは、手前の娘の乳母の子でございます。その縁で早くから奉公に参りまして、手前も家内も我が娘同然に可愛がって居りました。とりわけ器量よしというのではございませんが、気だてのよい素直な娘でございまして縫い針の仕事はもとより、茶の湯の心得も教えまして、どこへ出しても恥かしくないように躾《しつけ》て参ったつもりでございます」

で、おぎんと春之助が恋仲になったのを、幸二郎夫婦はむしろ、喜んだ。

「三升屋の嫁として、必ず幸せになってくれるであろうと、家内などはひそかに嫁入り仕度の心づもりもしていたようでございます」

ところが、ふと気がつくと、春之助はいつの間にか、同じ女中のお美也ともねんごろになっていた。

「私どもは、もう、びっくり致しまして、春之助の真意をただしますと、春之助はお美也とのことは、間違いであった、嫁にもらうのは、おぎんの外はないと申します。それで手前共は、お美也に因果を含め、知り合いの店へ移らせるように致しました」

それには勿論、将来、嫁入りの時に充分なほどの金を与え、先方にもよくよく頼んで店から暇を取らせた。

「ところが、今度は二人が外で媾曳《あいびき》をしているというではありませんか。店の者の話では、お美也のほうから使が来て、春之助を呼び出すというので春之助を問いつめましたが、のらりくらりで話になりません。子供ではございませんから、まさか、首に縄をつけておくわけにも参りません。この上は三升屋さんと相談して、春之助とおぎんの祝言を急いだほうがよいと考えている矢先、春之助がお美也をつれて参りまして、子供をみごもっていると申すのです」

幸二郎夫婦は怒るよりも、あきれ果ててしまったらしい。

「ともかく、三升屋さんには事情を話して、春之助には店を出てもらいました。三升屋さんのほうでも手前共に義理を立てて、息子を勘当という形には致しましたが、そこは跡つぎ息子のこと、青山の家には入れませんでも、赤坂に一軒、家を借りまして、そこでお美也が身二つになるのを待ったようでございます」

勘当とはいっても、親から仕送りがあって、春之助とお美也は新所帯を持った。

そして、一太郎が誕生すると若夫婦に青山の店の出入りを許した。

「やはり、初孫のかわいさは格別でございましょう。手前共も、それは致し方ないことと存じて居ります」

今更、愚痴をいうつもりはないが、お美也に関しては、どうも不快が消えない、という幸二郎であった。

「春之助は一人息子で、よく申せば気がやさしい。つまりは、気の強い女のいいなりになってしまうところがございます。お美也と申す娘は、たしかに器量よしではございましたが、心にひんやりするものを持って居ります。今までにもいくつか縁談がございましたが、当人が高のぞみで、どうにもまとまりませんでした。長年、奉公していて仕事ぶりをみると陰ひなたがございます。それではいい嫁にはなれないと家内も随分、叱って居りましたが……」

春之助は、みてくれはいいが、なかみの悪い女房をもらってしまったのだと、幸二郎はいいたげであった。

「どなたもそうかも知れませんが、若い中は外側ばかりが目につきます」

東吾はそこで老人のくりごとを遮《さえぎ》った。

「おぎんは、今でも春之助夫婦を怨んで居りましょうな」

「それは、まだ、怨みつらみは残って居りましょう。けれども、青山くんだりまで行って人様の子をかどわかすほど愚か者ではないと存じます。第一、おぎんは青山へ行ったことがございません。一太郎と申す子供の顔も知りません。どうして、かどわかしなぞ出来ましょうか。それに、昨日も申しましたように、おぎんがこの店に居りましたことは間違いございませんので……」

うなずいて東吾が腰を上げ、るいがそれに従った。

菓子包を持ったるいと並んで日本橋通を戻りながら東吾が訊いた。

「今の話、どう思う」

「おぎんさんが、かどわかしたとは思いませんが……、それよりも、お美也さんは自分の気がつかないところで、人様の怨みを買っているのではないかという気がしました」

「そういうことだと、厄介だな」

思い通りに玉の輿に乗った女が、どこでどんな人間の怨みを受けているのか、これは見当もつかない。

「菊屋の主人が、すっとんちきなことをいいやがったな。若い中は器量にばかり目がくらんで、いい女をとりそこなうだとさ。よっぽどいってやろうかと思ったんだ。世の中には俺の女房のように、外っかわも中身も極上の女もいるんだってさ」

ふっと袂《たもと》を上げて、るいが東吾を打つ仕草をし、道行く人がふりむいた。

「口先ばっかり……」

四

三升屋の一太郎の行方は杳《よう》としてわからなかった。

赤ん坊をつれ去った犯人が、川へ投げ込むなどしてしまったのではないかと、青山から麻布にかけての小川を調べたり、寺や神社の境内や床下まで探させたが、それらしい死体も出ない。

五月はあっという間にすぎて、六月が来た。

東吾が狸穴の方月館の月稽古に出かけたのは、六月二日のことである。

方月館のある高台から麻布を見渡すと田んぼは田植が終って、如何にも涼しげな夏の風情になっている。

「三升屋のお孫さんは、まだ、みつからないそうですよ、ひょっとすると、もう生きていないのではないかと噂をする人もいますが……」

おとせが不安そうに東吾に告げ、東吾が訊いた。

「おとせは、三升屋を知っているのか」

「まあ、いやでございますよ。この前、端午のお節供に柏餅を買って参りましたでしょう」

「なんだ。あの柏餅の店が、三升屋か」

それで思いついたというわけではないが、稽古の早く終った日に夕涼み旁《かたがた》、三升屋をみて来ようという気になって、東吾は仙五郎に声をかけた。

この人のいい岡っ引は喜んで、ついて来る。それに東吾が狸穴へ来たら、決して傍をはなれない正吉が、東吾がなにもいわないのに、一緒に行く気になっていて、大の男二人に子供が一人、すっかり日の長くなった六本木の道を歩いて青山へ向った。

「三升屋は、どうもいけませんや」

道々、仙五郎がいった。

「赤ん坊が、かどわかしにあってから、客足が急に落ちちまいましてね」

本来なら、大事な孫息子がさらわれたのだから世間の同情を集める筈なのに、どうもさらって行ったのが、若女房のむかしの男ではないかとか、春之助の捨てた女の仕業だなぞと生ぐさい噂《うわさ》がまことしやかに語られて、店の評判は悪くなる一方だという。

「職人も、なんとなく嫌気がさすのか、腕のいい者からやめてしまいまして、そうなると菓子の味も落ちるんですか、いよいよ、客が遠くなるということでして……」

甘いものなぞ食べたこともないという仙五郎が、そんな話をどこで聞いたものか、成程、青山まで行って眺めた三升屋は、店はあけているものの、さびれているのが一目瞭然といった感じがする。

「若旦那もお内儀さんも、めったに外へ出ないそうですが、夫婦仲もぎくしゃくしているそうで、殊に大旦那は、あまり若いお内儀さんにいい顔をみせないそうで……」

もともと、喜んで三升屋の嫁に迎えた女ではないという気持が今度の事件で表に出て来ているようであった。

「一太郎坊ちゃんの世話を、お乳母さんや子守っ子にまかせっ切りで、若いお内儀さんが着飾ってばかりいたのも、こんなことになった理由だというんでさ」

「そういえば、子守っ子はどうした……」

一太郎をおぶって出かけて、うっかり、他の女に騙《だま》されて、赤ん坊を奪われてしまった子守である。

「おきみは暇を出されました。若いお内儀さんに、そりゃひどく叱られたそうで、親の家に帰って来た時は、ものも咽喉へ通らず半病人のようだったといいます」

「おきみの親の家というのは、どこなんだ」

「この近くです。久保町で……」

青山の通りは、両側が殆ど武家地であった。

小身の侍たちの住宅がぎっしり軒を並べている。どの家も敷地が狭く、隣家と軒を接しているのが多い。

やがて、左手に梅窓院観音の境内がみえ、その向い側の町屋が久保町であった。

「おきみに会ってみたいな」

と東吾がいい、仙五郎が心得て案内した。

おきみの親の家は酒屋であった。

近所の武家の女房だろうか、あまり裕福とはみえない恰好の女が、酒を買って帰るところであった。

おきみの父親は店にいた。小肥りで愛敬のある顔をしている。

「おきみちゃんの具合はどうだ」

仙五郎が声をかけると、たて続けにお辞儀をした。

「まあ、なんとかお袋と口をきくようになりましたが、未だに坊ちゃんがみつからねえんで……今も、梅窓院へおまいりに行ってます」

三人は、そこから梅窓院へ道を渡った。

境内はかなり広い。

本堂の前に若い娘がひざまずいて合掌している。

「かわいそうに、あんなに瘦せちまって……」

仙五郎がいい、東吾は娘が立ち上るのを待って微笑した。

「つらいことをむし返すようで気の毒だが、一太郎をとられた時のことを、少し、教えてもらいたいんだ」

おきみは仙五郎と一緒の東吾を役人と思ったらしい。顔をこわばらせたが、傍にいる正吉をみて、ちょっと不思議そうな様子をした。

子供連れの役人というのはおかしいと思ったらしい。

「こちらは、狸穴の方月館のやっとうの先生だ。怖い人じゃないから安心しな」

仙五郎がいい、おきみはおどおどとうなずいた。

「女に声をかけられた時、お前は一太郎をおぶって、どこにいたんだ」

「そこです」

おきみが指したのは梅の老樹の下であった。

「梅の実が生《な》っているのをみていたら、いつの間にか女の人が傍へきて、そこの酒屋の娘さんでしょうって……」

「お前のことを、そこの酒屋の娘といったのか」

「ええ、それで、背中の一太郎坊ちゃんをのぞいて、三升屋さんの赤ちゃんかっていいました」

「ほう……」

女は、おきみが近くの酒屋の娘で、三升屋へ子守奉公に行っているのを知っていたことになる。

「それから、どうした……」

「一太郎坊ちゃんをかわいいといって、あやしていたんです。その中に、赤ちゃんの様子がおかしい。これは、ひどい病気だって……あたしはびっくりして家へ帰ろうとしたら、動かして風にあてると大変なことになるから、そっと下したほうがいい、抱いていてあげるから、早く三升屋の人を呼んで来なさいっていいました」

「それで、その通りにしたんだな」

「ええ、ちゃんとした感じの女の人だったし、いう通りにしたほうがいいと思ったんです」

女の言葉には、おきみに不審を持たせるようなものはなく、むしろ、説得力があったということだろうと東吾は思った。

「ちゃんとした感じというのは、どういうことだ。着ているものなんぞが、上等で……」

「着物はあまり、いいものじゃなかったけど、なんとなくお侍のようで……」

「そうか、侍の女房という感じだったのか」

おきみがうなずいた。

青山は、この先の百人町も含めて小身の御家人のすみかが多かった。

武家地の中に、ぽつんぽつんと町屋がある。

その中で育ったおきみは、侍の女房を見馴れていた筈であった。

「その女だが、お前は以前、その女をみたことはなかったか」

おきみが首をひねった。

「ないと思うけども……」

「お前の家へ、酒を買いに来たとか……」

「あたしは、あまり店を手伝わなかったから……」

おきみのほうは、おぼえがなくとも、女のほうは、なにかの折に、おきみを知っていたことになる。

「他に、なにか気がついたことはないか、どんなことでもいい、その女のことで……」

おきみが、正吉をみた。正吉がおきみをはげますように、うなずいてみせる。自分よりも年下の少年の、そんな態度に、おきみは少しばかりの余裕を持ったようであった。

「きものの、衿のところに針がとめてあったんです。糸のついた針で……」

正吉がすぐにいった。

「うちのおっ母さんも縫い物をしていて、他の仕事をする時は、針を衿にとめることがあるよ」

仕立物のやりかけで、台所仕事に立って行く時などである。

「そうか……」

おきみが思い出したのは、それだけであった。

「ありがとう。手間をとらせたな」

小銭を紙に包んで、東吾はおきみに持たせた。

「一太郎坊ちゃんは帰ってくるでしょうか」

不安そうに訊く。

「お前が、あんなに一生けんめいおまいりしているんだ。必ず無事で帰ってくる。お前も食べるものを食べて、元気にしていなけりゃいけない」

東吾の言葉に、おきみはお辞儀をして自分の家のほうへ走って行った。

「侍の女房で、針仕事をしているか……」

呟《つぶや》いて、東吾は苦笑した。

この辺に住むような小身の御家人は大方が生活が苦しいに違いなかった。

父祖代々の知行はきまっているのに、物価は年々、上って行く。どんなに暮しをきりつめても食って行くのがやっとで、子沢山であったり、病人を抱えたりしたら、忽ち困窮する。

「無駄だと思うがな」

方月館へ帰って、東吾は手紙を書いた。それを仙五郎が持って大川端へ行く。

翌日、るいは「かわせみ」を出た。駕籠で東吾の指示通り、青山へ行って三升屋を見舞った。

幼なじみのお美也に対面して、未だに行方知れずの一太郎のことを慰め、それとなく或ることを訊ねた。

そして、るいの駕籠は表で待っていた仙五郎の案内で狸穴の方月館へ行く。

東吾は稽古を終えて待っていた。

「お指図のように、近頃、むかしなじみに出会ったことはないかと訊いてみました」

「会ったのか」

「はい……五月五日、端午の日に……」

「誰に会っている」

「私も知っているお方でございます。むかし八丁堀の組屋敷で……近松様とおっしゃる……」

「近松慎之助どのか……」

「はい、あちらの御先代の時、御用人をして居られた今井様とおっしゃる方の娘でお名前は、たしかお梅様とおぼえています」

「お梅……」

「お美也さんの話では、ひどく貧しげななりで、三升屋へ柏餅を買いに来たとか……」

「話をしたのか」

「むこうで気がついて、お美也さんに声をかけて来たそうです。でも、お美也さんは他のお客に挨拶をしていて、あまり話も出来なかったとか……」

「お梅というのは、嫁入りしたのだろうな」

「はい、ずっと以前に……たしか、お相手は御家人衆とか……」

仙五郎が再び八丁堀へ走った。

畝源三郎が方月館へ到着したのは、夕暮であった。

「近松慎之助どのの用人、今井市之丞の娘、お梅は、大橋子市郎と申す者に縁づいて居ります。大橋子市郎の屋敷は、青山百人町……」

「行ってみるか、源さん……」

狸穴からまっしぐらに青山百人町へ。

大橋子市郎の屋敷は、原宿村に近いところにあった。

外からみると赤貧洗うが如き家の様子であった。仮にも侍の家だというのに軒は落ち屋根は傾いている。

近所で訊いてみると、当主の大橋子市郎は一年前から酒のために体をこわして寝たきりだという。

「お内儀の手内職で、なんとかしのいでいるようですが、まだ、お子も小さく……その上どこやらの子供をあずかっているそうで……」

まだ、生後一年そこそこの男の子で、あずかったのは、どうやら五月のなかばぐらいと聞いて、東吾と源三郎は顔を見合せた。

まず、間違いはない。

大橋子市郎の家の裏へ廻ってみると、ちょうど赤ん坊を背負った女が、井戸へ水を汲みに出て来たところであった。

「大橋どののお内儀ですな」

源三郎がおだやかに声をかけた。

「三升屋の悴、一太郎を迎えに来たものです。どうかお渡し下さい」

お梅は蒼白になったまま、動かなかった。

石になったような女の背から、源三郎が赤ん坊を抱き取った。それまでおとなしく背中にくりつけられていた赤ん坊が、急に激しく泣き出した。その声に誘われたようにお梅の両目から涙があふれた。

五

「お梅は、十年ぶりに昔の友達をみつけてなつかしさに声をかけたんだ。ところが、お美也のほうは、みるからに貧しげなお梅の様子に、つい目を逸《そ》らせて、なかなか返事をしなかった。お美也にしてみれば折角、玉の輿に乗った今、あまり、昔の自分の素性を知っている友達とつき合いたくない気持もあったのだろう。しかし、お梅はお美也の態度を、自分をさげすんで無視したと感じた」

貧乏のどん底にあえいでいる者は、むかしの友人の思いがけない出世を羨みもし、口惜しくも思う。まして、その友人から冷ややかな扱いを受けて逆上した。

「お梅の話だと、梅窓院観音の境内で、おきみのおぶった一太郎をみかけたのは偶然だったそうだ。お梅は亭主が体をこわす前に、おきみの親の酒屋へ何度も酒を買いに行っていて、おきみの顔を知っている。おきみが三升屋へ子守奉公に行っているのも、聞いていたんだ」

たまたま、友人の子供が子守におぶさっているのをみかけて、衝動的に子供をさらって行ったものの、どうすることも出来ず、我が子と一緒に育てることになったお梅の気持は哀れであった。

冷淡な友人に思い知らせてやりたい気持と落魄《らくはく》した自分にひきかえ、出世した友人をねたましく思う心が重なり合って、かどわかしをしてのけた女の了見を浅はかと笑うことは出来ないと東吾はいった。

「ただでさえ、食うにも困るところへ、他人の赤ん坊なんぞ連れて来ちまって、それこそ自分の口をつめるようにして赤ん坊を養っていたと思うと、俺も源さんも、言葉がなくなっちまったんだ」

一太郎が無事に戻ったことで、三升屋は事件を内聞にすませることを承知した。

「元はといえば、お美也のちょっとした心がけの悪さから起ったことなんだ」

再会した友人に笑顔の一つもむけていれば、こんなことにはならなかったに違いない。

「女って……いやなものなんですね」

ぽつんとるいが呟いた。

「見栄を張ったり、人を羨んだり……」

東吾が、そんなるいを笑った。

「なあに、男だって同じさ」

人間の持つ、さまざまな心の起伏が、ちょっとしたことで人生を狂わせる。

若葉が目にしみるような「かわせみ」の庭を眺めて、東吾は軽いため息を洩らした。

牡《ぼ》丹《たん》屋《や》敷《しき》の人々《ひとびと》

一

るいは目を病んでいた。

右の瞼の裏側が赤く腫れて、朝起きた時などは瞼が開かない。

痛みはそれほどでもないが、うっとうしいこと、この上もない。

それに、るいの気持としては、今、狸穴《まみあな》の方月館へ出稽古に行っている東吾が、数日後には戻ってくる。それまでには、なんとか、すっきりした顔で迎えたかった。

「茶の木稲荷へ願をかけると早いっていいますがね」

たまたま、「かわせみ」へ蕎麦粉《そばこ》を届けに来た深川の長助が、るいの眼病を知って女中頭のお吉に話した。

「市ヶ谷御門のすぐ前に、市ヶ谷八幡という、なかなか立派なお社《やしろ》があるんですが、そこの境内にある茶の木稲荷ってのが眼病に効くってそうで、なんでも、むかし、あそこの山にいた白狐が茶の木で目を突いたんだそうで、あの神社の氏子は正月三日までは茶を飲まない、そのかわり、眼病の者がお稲荷さんに願をかけて、七日なり、二十一日なりの茶断ちをすると、霊験あらたかなんだそうです」

実は、このところ、四谷、市ヶ谷、牛込にかけて夜盗が頻繁に出没していると、長助はいった。

「でっかい声じゃいえませんが、尾州様の御上屋敷にまで盗みに入ったらしいんで、畝の旦那も、ここんところ、ずっと、むこうのほうへお出かけなんで……」

長助も若い連中と一緒に助っ人で、市ヶ谷くんだりまで出かけて行ったことがあるという。

「茶の木稲荷の話は、その時、聞いて来ましたんで……」

「それで、その盗賊はつかまったのかね」

帳場にいた嘉助が話の仲間に加わった。

元は八丁堀暮しをしたことのある捕方だっただけに、盗賊の話となると聞き捨てに出来ない。

「いや、どうも埒《らち》があかねえようで……なにしろ、あのあたりは武家地でござんして、そこらが、かえってやりにくいような按配で」

町屋ならば町奉行の支配下だが、大名家はもとより、旗本、御家人の屋敷には、盗賊らしい者が逃げ込んだからといって、いきなりふみ込むわけには行かない。

商家の多い土地柄なら、はやばやと大戸もおろすし、定めの時刻には町々の木戸も閉まる。

夜更けに徘徊する者を訊問するのも容易だが、武家屋敷となると、そうも行かなかった。

なにかにつけて、体面だの面目だのにこだわって刀をひねくりたがる連中を相手に、彼らからは不浄役人呼ばわりをされる町奉行所の同心が、江戸の町々の治安を守るのは気苦労の多いことであった。

「畝の旦那にしたところで、もう何日もお屋敷のほうにはお帰りになっちゃ居られねえと思います」

自分が日頃、手札をもらって恩になっている旦那のことだけに、長助は気づかわしそうであった。

もっとも、盗賊が出没するのは深夜のことだから、市ヶ谷の茶の木稲荷へ詣でるのに、なんの心配もないという。

翌日、るいはお吉に付添われて、大川端の「かわせみ」を出かけた。

市ヶ谷までは駕籠でもよかったが、長助がいっそ、舟で神田川を上ったほうがと勧めてくれて、知り合いの船宿から猪牙《ちょき》を出してもらうことにした。

案内旁《かたがた》、長助のところの若い衆で松吉というのが、船頭と一緒に乗り込んだから、総勢四人、目病みのるいはともかく、お吉は久しぶりの遠出に、どことなく浮き浮きしている。

たしかに、この季節、狭い駕籠に押し込まれて長いこと揺られて行くよりも、舟のほうが楽であった。

川風もあるし、強い日ざしは岸の柳が遮ってくれる。

和泉橋の附近では燕《つばめ》が何羽も飛んでいた。

やがて、右手に湯島の聖堂の大屋根が見えて来る。

陽気のいい季節だけに、神田川を上り下りする舟も多かった。荷を運ぶ舟、物売り舟がすれ違って行く。

舟を下りたのは牛込御門の手前の揚場町の舟着場で、ここは江戸川が神田川と合流するところでもあった。

そこからは堀沿いに歩いて市ヶ谷御門まで。市ヶ谷八幡の門前には水茶屋が十数軒、いずれも葭簀《よしず》張りで、堀に向って並んでいる。

茶の木稲荷は石段を上った鳥居の左手にあった。

手洗所で口をそそぎ、身を清めて御堂へ行くと、白衣の行者がいて、るいの生年月日を訊ね、やがて御祈禱をしてくれた。

茶断ちは二十一日間と申し渡される。

御堂のすみへ戻って来て、白湯《さゆ》をもらい休息していると、女が二人入って来た。

若いほうは、るいとほぼ同年齢でもあろうか、手に見事な牡丹の切り花を持っている。初老の女はお供の女中のようであった。

ここへ来るのは、はじめてではないらしく行者と挨拶《あいさつ》をかわしているのも、親しげで、牡丹の花を行者に手渡し、やがて祈禱を受ける様子であった。

るいとお吉は御堂を出て、八幡社におまいりをし、境内の時の鐘を見物して戻ってくると、先刻の牡丹を持って来た女たちが石段を下りて来る。

なんとなく前後して行くことになり、お吉が声をかけた。

「失礼でございますが、そちら様も願をおかけになりにいらしたので……」

若い女が素直にうなずいた。

「私、生れつき、鳥目でございまして……近頃、人様から勧められて、おまいりに来て居ります」

成り行きで、るいも挨拶をした。

「私は大川端町から参りましたの。目を患いまして……」

「それは御遠方から……」

表通りを堀端に沿って牛込御門のほうへ戻りかけると、二人の女も同じ方向らしい。

堀端に自身番があった。

そこに松吉が待っている。

「畝の旦那、お戻りになりました」

自身番の中へ、松吉が呼び、るいもお吉もあっけにとられた。

畝源三郎はいささか暑苦しい顔をしていた。

「御用の筋で、ここへ来ましたら、松吉に会いましてね」

るいが市ヶ谷八幡へ行ったときいて心配して待っていたらしい。

「願かけもよろしいでしょうが、一度、八丁堀の高橋宗益先生にみていただいては如何ですか。東吾さんのお留守に、手遅れになっては、手前が友達甲斐のない奴と叱られますよ」

高橋宗益は眼病の専門医ではないが、相談すれば、それなりによい医師を紹介してくれるだろうといった。

「手前は、まだ少々、八丁堀へ戻れそうもありませんので……」

例の夜盗の一件のようであった。

「ありがとう存じます。御心配をおかけしてすみませぬ、お言葉に従いますので……どうぞ、畝様も御身お大切に……」

畝源三郎と別れて歩き出すと、そこに女二人が待っていた。

「大川端へは、どのようにしてお帰りになるのでしょうか」

若い女が訊き、お吉が答えた。

「牛込御門の先の揚場町に舟を待たせて居りますが……」

「私共は牛込御門の近くに住んで居ります。おさしつかえなかったら、そのあたりまで御一緒に……」

無論、るいたちに異存があるわけでもない。

掘割に沿って行きながら、若い女が改めて話し出した。

「花はお好きでいらっしゃいますか」

るいが微笑した。女で花がきらいというのは、格別の理由でもない限り、考えられない。

「私共は、代々、花作りを家業として居ります。とりわけ、兄は牡丹作りに熱心でございまして、よろしかったら、花畑をごらん下さいませんか」

「牡丹をお作りでいらっしゃいますの」

それで、茶の木稲荷に牡丹の切り花を持って来たのかと、るいは合点した。

「さぞ、見事でございましょうね」

「これからが盛りでございますの」

るいの背後で、お吉がわくわくしていた。

「お嬢さん、みせて頂こうじゃございませんか。お稲荷さんでお目にかかったのも、なにかの御縁でございますよ」

「お手間はとらせません。どうぞお立ち寄り下さいまし」

重ねて勧められて、るいもその気になった。

案内された屋敷は、牛込御門のちょうど真ん前であった。

屋敷の脇の坂道は、牛込神楽坂で周囲は武家屋敷ばかりである。

門のくぐりを入ると、右手に枝折戸《しおりど》がある。女中がそこを開けた。植込みの間の小道を行くと、いきなり花畑であった。

薄桃色の大輪の花が咲いている。

そのむこうには、もっと紅い牡丹が、更にその先の畑には、まだ蕾《つぼみ》の牡丹が何十株も植えてある。

「これは、もう少々、遅くに咲きますの。白い牡丹で、兄が私の名をとって、小雪とつけました」

成程、牡丹畑には各々の名を書いた木札が立てられていた。

薄桃色のは「貴妃」、濃い紅色のは「紅艶」、そして、「小雪」。

その時、花畑のむこうに総髪の男が現われた。

「小雪どの、お客人か」

じろりとるいをみた目が鋭かった。

「笹川道林様とおっしゃいますの。兄のお友達で……」

小雪がるいにささやき、目の悪い者独特のおぼつかない足どりで、その男のほうへ近づいた。

「茶の木稲荷様でお目にかかったお方ですの。花がお好きとおっしゃいましたので……」

「それはよいが、兄上が待ちかねて居られる。行っておあげなさい」

「只今、参ります」

それで、るいも挨拶をした。

「けっこうなお花を拝見させて頂きました。これで失礼をいたします」

門までは、女中が送って来た。

「随分、広いお屋敷ですね」

外へ出てからお吉がいい、待っていた松吉と一緒に揚場町の舟着場へるいの手をひいて行った。

市ヶ谷から戻って、るいは畝源三郎に勧められた通り、八丁堀の高橋宗益の所へ行った。この豪放磊落《らいらく》な医者は、亡父とも親交があった。

「これは朱粒腫といって、ものもらいのたちのよくない奴だ。しかし、もう峠を越えているから心配はない」

瞼の奥に薬をつけてもらい、眼帯をしてるいは大川端へ帰った。

二

茶断ちが効いたのか、高橋宗益の治療のせいか、るいの目は二日ばかりで治った。

神林東吾が狸穴から帰って来たのは、そのあとのことで、

「目病み女はひどく色っぽいというじゃないか。そういうところを一ぺん、見たかった

もんだ」

なぞと憎まれ口をきいたものの、その舌の根も乾かぬ中に、

「少し、痩せたんじゃないのか」

と心配顔に本音が出る。

るいが茶断ちを続けていると知って、自分も新茶には手も触れず、お吉が気をきかして持ってきた麦湯を旨そうに飲んでいる。

だが、その夜、東吾は「かわせみ」に泊らなかった。

「ちょっと厄介な一件が持ち上っているらしいんだ。源さんも八丁堀へ戻っていないらしいし、屋敷へ帰って様子を聞こうと思っているんだ」

それが、いつぞや長助の話した盗賊のことだと、るいは気がついた。

「畝様には、この前、茶の木稲荷へ願がけに参りました時、お目にかかりました」

あれから、もう六日が過ぎている。

「実は狸穴の稽古の間に方斎先生のお供で四谷まで出かけたんだ」

方斎の古い友人の病気見舞のためだったが、

「その帰りに、見附のところで源さんに会ったんだ」

大名家や旗本屋敷まで荒し廻る盗賊に町方が手を焼いていると知って、のんびりとるいの許に泊っていられる東吾ではないのをわかっているから、るいも寂しい顔はするまいと思った。

「くれぐれも、お気をつけて」

せめて暖簾《のれん》の外まで見送る他はない。

そんなるいに一度だけふりむいて手を上げてから、東吾は一目散に兄の屋敷へ戻った。

兄の神林通之進はまだ奉行所から下っていなかったが、出迎えた用人に訊ねてみると、

「旦那様がなにもおっしゃいませんのでくわしいことは存じませんが、噂では尾州様のお屋敷へ忍び込み、殿様お手許金の他に、御秘蔵の貞宗の名刀も盗んで行ったとかで、御奉行もいたく御心痛とやら承って居ります」

という。

兄の帰るのを待ったものかどうかと考えているところへ、「かわせみ」の嘉助がやって来た。

「只今、畝の旦那がおみえになりまして……」

東吾が帰るのと一足ちがいだったらしい。

「大川の水死人のことで、お嬢さんに話をきいて居られますんで……」

「水死人だと……」

事情はわからぬながら、とにかく来てくれというのに違いない。

東吾は兄嫁の香苗《かなえ》に源さんから迎えが来ましたので、とだけ告げて再び、「かわせみ」へひき返した。

畝源三郎は「かわせみ」の帳場で東吾を待っていた。

「折角、お帰りになったばかりを申しわけありません」

東吾をみて、嬉しそうな、すまなさそうな顔をした。

「なに、俺も今夜中に源さんを探すつもりだったんだ」

るいが傍からいった。

「いくらお上り下さいと申し上げても、東吾様がおみえになってからとおっしゃって……」

そういうけじめのはっきりしている男であった。

「とにかく、話を聞こう」

東吾が先に、るいの居間へ通る。待ちかまえていたように、お吉が夕餉《ゆうげ》の膳を運んで来た。

「嘉助の話では、水死人とか聞いたが、例の盗賊とかかわりがあるのか」

酒は二人共、咽喉《のど》をしめす程度で、早速、腹ごしらえをしながら、東吾が訊いた。

「ひょっとすると、と思わぬでもありませんが……」

手ぎわよく源三郎が話すのによれば、昨夜遅くに、大川で釣り舟が遭難した。

「千住大橋をさかのぼったあたりでして、突風のために舟がくつがえったと申します」

船頭に釣り人が三人乗っていたのだが、

「客の一人と船頭が溺死いたしました」

「船頭が死んだのか」

意外であった。

「おそらくは、溺れた客を助けようとして命を落したものと思いますが……」

ところで、その釣り舟の客だが、

「牛込に牡丹屋敷と申すのがあるのを、東吾さんはご存じですか」

「名前だけは知っている。たしか、八代様のお供をして紀州から参った者だろう」

「その通りです。当主は代々、岡本彦右衛門と、称して居りますが……」

八代将軍吉宗が紀州から千代田城に入った折に供をして来た者の一人で、武士ではないが、格別のお沙汰で苗字帯刀を許され、牛込に屋敷を拝領して花作りをしていた。

先代の彦右衛門が急死して、子供がなく、とりあえず遠縁に当る兄妹を屋敷へ入れて花畑を守らせている。

「その兄のほうが、当年二十二歳、彦四郎と申します。折あらば家督相続をと考えていたそうでございますが、昨夜の水死人は、その彦四郎で……」

「成程……」

身分は高くないが、八代将軍ゆかりの者の後つぎということで、町方のほうも捨ててはおけなかったのかと東吾は思った。

「その上、その妹の小雪と申しますのが、琴をよく致しまして、尾州様大奥にもお出入りをして居ります」

単なる釣り舟の災難であったとしても、全容を明らかにせよと、奉行所へ内々の依頼があったという。

「たとえば、舟そのものや、船頭に手落ちがなかったかということです」

船宿が用意した舟が古いもので水洩れがしなかったかとか、船頭が腕のたしかな者だったかなどという点を明らかにして報告しろという意味であった。

「そんなことを、源さんが調べたのか」

四谷、市ヶ谷に出没する盗賊の探索に夜も日もない状態であった。

「船宿は関屋の植甚と申しまして、岡本彦四郎の馴染でございます。親父がなかなか威勢のいい奴でして……」

「大事な客をぼろ舟に乗せるわけはないと申しただろう」

「狸の泥舟ではあるまいし、ちっとやそっとの風で沈む筈《はず》はないと申します」

「船頭はどうだ」

「太吉という若い者で、子供の時から釣り舟の供をしていたそうで……」

「水練《すいれん》は達者だろうな」

「河童の申し子といってもよいくらいだと」

「一緒に釣りに行ったのは、彦四郎の釣り仲間か」

「そのようです。一人は笹川道林と申す医者、もう一人は安房屋喜左衛門と申す廻船問屋の主人ときいて居ります」

そっちの二人には、まだ会っていないと源三郎はいった。

「なにしろ、手前が上役から指示を受けました時には、もはや、彦四郎の死体は屋敷へ戻って居りまして……」

源三郎が検分したのは、船頭の遺体と岸へひき上げられた舟であった。

「千住へ供をして参った長助の所の若い者で松吉と申しますのが、先だって、おるいさんが牡丹屋敷へ立ち寄ったと申しますので、念のため、なにかご存じのことはないかと思いまして……」

給仕をしていたるいが、東吾に弁解した。

「茶の木稲荷へ願がけに参った折に、御堂で御一緒になりましたの。小雪さんとおっしゃって……帰り道に花が好きなら牡丹を見て行かないかと、お誘いを受けまして、お吉と二人で、ほんの僅かばかりお花畑を拝見しました」

その折に笹川道林という医者の姿を見たとるいはいった。

「お兄様が小雪様を呼んでいるとかおっしゃって……私共も、それでおいとまを申しました」

「笹川という医者は、どんな男だ」

溺死した彦四郎と一緒に釣り舟に乗っていた一人であった。

「どうと申して……四十がらみの……それよりも……あの時、小雪さんが私をお誘いになったのは、なにか、お話しになりたいことがおありだったのではないかと思いますの」

「おかしなことをいい出したな」

東吾に笑われて、るいはむきになった。

「でも、そんな気が致します。あの時、私、市ヶ谷の自身番のところで、畝様にお目にかかりました」

その時、小雪はるいの近くにいた。

「畝様のお姿をみれば、一目で町方のお役人とわかります。小雪さんは私が畝様と知り合いだと知って、それで、なにかをお話しになりたいとお思いになって、そのきっかけを作るために、花を見に寄らないかと声をかけて下さったのではないかと……」

「なにか、大事なことをほのめかしたのか」

「いいえ、それが……なにも……」

「るいの考えすぎじゃないのか」

だが、東吾は湯づけをさらさらとかき込むと立ち上った。

「源さんと岡本彦四郎の通夜に行ってくる。小雪って女に会ったら、なにか、るいにいいそこねたことがありはしないかと訊いてみるか」

三

大川端からは二丁櫓《ろ》で神田川を漕ぎ上った。

これは舟足が速い。

一年中で一番陽の長い季節だから、外はまだ薄暮であった。

「牡丹屋敷についてですが、少々、気になることがあります」

舟に乗ってから、源三郎がいい出した。

「或いは、先程、東吾さんがいわれたように、これもわたしの考えすぎかも知れませんが……」

岡本彦四郎の水死について調べている中に耳にしたことだが、

「彦四郎の実父は、すでに病死していますが、生前、刀屋を営んでいたと申すのです」

四谷見附の近くに、小さな店があって、刀剣の売買もしていたが、

「なかなかの目ききで、大名家や旗本に得意先を持っていたといいます」

つまり、刀剣には在銘物と無銘物があって、その刀の作り手の刀鍛冶の名前を刀身の中子《なかご》と呼ばれる柄の部分に彫りつけてあるものと、なにかの理由で、故意に名を刻まないものとがあった。また、ごく古い刀鍛冶の時代には、銘を彫る習慣のなかったこともある。

で、刀剣の目ききとされる人々は、その刀の形状や特徴などで、無銘ではあっても、なんのなにがしの打った刀に違いないと鑑定するので、秀れた刀剣が美術品としても珍重されるようになった泰平の時代になると名刀を所持することは、武士の名誉であり誇りであったから、その刀剣の売買には鑑定家がはばをきかすようになった。

また一方では、刀剣愛好家でもある武士達の間で、刀剣の研究が盛んになって、自分

達の秘蔵する名刀を持ち寄って、おたがいにこれは相州物とか、備前のなにがしの作に違いないなどと鑑定し合い、その銘をいい当てなぞして、その鑑定力を競う集りが盛んになっていた。そうした折にも、実力のある鑑定家は招かれて、各々の名刀の由緒や故事来歴について自分の知識を披露したりする。

岡本彦四郎の実父に当る徳斎という男は、そういった意味で、刀屋としても、鑑定家としてもいくつかの大名家、旗本屋敷へ出入りをしていたと畝源三郎はいう。

「そういえば、源さんが追っている盗賊は、刀剣を盗んで行くときいたな」

武家屋敷を荒らして金目のものを盗むのだが、その中に累代《るいだい》といわれる秘蔵の名刀を持ち去られたというのがあった。

「尾州家は、たしか貞宗だったか」

「実をいいますと、刀剣を盗まれたことをひたかくしにする家が多うございました」

武士たるものが刀剣を盗まれたとあっては家の恥辱という考え方があって、口をにごしているふうがあった。が、調べが進むにつれて、かくし切れずに、実は先祖から伝わっている備前長船《おさふね》の刀を持って行かれたなどと白状する。

「今のところ、わかっているだけでも十数本の名刀が奪われて居ります」

いずれも、名工と呼ばれる刀鍛冶の在銘物で、値からいっても一振《ひとふり》が数百両、或いは千両を越える逸品も含まれている。

「しかし、源さん、おかしいとは思わないか。先祖伝来の大事な刀なら、大方は蔵の中に収っておくとか、普段、そのあたりに出しっぱなしにするものじゃないだろう。外から入って来た盗っ人の目につくような場所におくものか」

「そこなのですが……」

源三郎が苦笑した。

「一つだけ、わかっていることがあるのです。盗みに入られた屋敷の主は、刀の目ききに自信のある者ばかりでした」

刀剣の鑑定に熱心な侍たちが、よい刀を見せ合い、それを鑑定し合って、実力を競う集りに、「審刀会」というのがある。

旗本や大名家の重役などの刀剣愛好家が月に二度、集っては鑑定会をするのだが、

「盗まれた刀は、その集りに持ち寄られたものばかりなのです」

つまり、審刀会に持って行って、その銘をいいあてるために出品した自慢の名刀が、盗賊にねらわれている。

「誰でも秘蔵の刀を仲間にみせて、それなりの賞讃を得た夜は、その名残の気持もあって、居間の床の間などへ飾っておくものではありませんか」

帰宅してすぐに蔵へしまい込むよりも、もう一度、しみじみ、その刀を眺め、おもむろに手入れなどして一夜ぐらいは身辺においておくというのが人情ではないかと、源三郎はいった。

「事実、盗まれた刀の持ち主は、みな、同じように申しています」

久しぶりに長持の奥から取り出した刀だから、一日二日は手許において自分もたのしみたい、知人にもみせびらかしたいといった気持で居間においてあったのが盗まれた。

「すると、賊は、その審刀会にかかわりがあるというのか」

「そうではないかと調べているのですが、埒があきません」

出席者はいずれも身分のある侍たちであった。

「岡本彦四郎の父親が刀の目ききだったと知って思いついたのですが、審刀会にはそうした刀屋や鑑定家も招かれて同席することがあったのではないかということです」

「流石《さすが》、源さん、いい所へ目をつけたな」

それにしても、岡本彦四郎の父親は何年も前に病死している。

「彦四郎はまだ弱年だ。刀の目ききのほうはどの程度か」

花作りの家へ養子に行こうという男が、名のある刀剣の集りに招かれるかどうか。

「それはそうなのですが……」

舟が揚場町に着いて、東吾と源三郎は上陸した。

牛込の牡丹屋敷へ行ってみると門は開いていたが、通夜の提灯の灯は消えている。

たまたま、門を閉めに出て来た老爺に源三郎が声をかけた。

「町方の者だが、岡本彦四郎どののお身内にお目にかかりたいが……」

老爺がひっ込み、玄関に男が二人出て来た。

一人は総髪で風体から察するに医者らしい。もう一人は武士であった。

笹川道林、鈴木宗十郎と名乗った。

「手前共は、岡本彦四郎の友人だが、今宵は通夜のため、当家に滞在して居ります」

彦四郎は独り者で、妹の小雪が唯一人の身内だが、

「若い女のこと、取り乱して、只今はやすませて居ります」

自分達で済む用事ならばといわれて、源三郎が訊ねた。

「歿《なくな》られた岡本どのの御尊父は以前、刀剣の目ききとして、諸方にお出入りをされていたそうですが、彦四郎どのも、そのたしなみがおありでしたか」

「彦四郎が刀の目ききをしたと申すのか」

「左様です」

「それはない。徳斎が歿ってから彦四郎は四谷の店を閉めた。刀屋をする気もなく、刀の目ききになるつもりもなかったようだ」

「では、徳斎と申す仁は、生前、審刀会に出かけられたことがおありでしょうか」

源三郎の問いに答えていた鈴木宗十郎が破顔した。

「それは知らぬ、われらは彦四郎の釣り友達、徳斎どのとはつき合いがなかった」

「道林先生は昨夜、釣り舟に乗っておいでだったそうですな」

東吾が口をはさんだ。

医者が顔を伏せた。

「左様、同じ舟に乗って居りながら、手前は運よく岸へ泳ぎつきましたが……」

「彦四郎どのは、まるっきりの金槌でしたか」

「いや、そんなこともなかったが……」

「突風で舟がくつがえったということですが、どのような状態でした」

東吾の問いがたたみかけ、道林は汗を拭いた。

「手前にも、なにがなにやら……手前と安房屋さんとは並んで釣糸を垂れて居りました。反対側に彦四郎どのが……急に舟が大きく揺れて水中に放り出されました。あとは夢中で、なにもおぼえて居りません」

岸へ這い上ると、続いて、少し先のほうに安房屋喜左衛門がうずくまっていたという。

「二人で声をかけ合って、川のほうを眺めましたが、なにしろ夜のことでして……」

月明りでみた限りでは、水しぶきも上って居らず、救いを求める人影も見えなかった。

「安房屋さんと近くの人家を叩き起しまして……それから関屋の船宿へ知らせをやりましたが……」

死体がみつかったのは夜があけかけてからで、どちらも岸に近いところに着衣の一部が川の中の棒杭にひっかかるような恰好で沈んでいたらしい。

「安房屋はどうしたのですか」

「先程まで通夜の席に居りましたが、水を多く飲んだせいか、気分が悪いと申しまして、奥で伏せて居ります」

そういう道林も疲れ果てている。

「関屋の船宿のほうを調べましたが、今のところ、舟が老朽《おいく》ちていたこともなく、船頭が未熟だったとも思えません。まあ不慮の災難ということですか……」

源三郎がいい、道林が大きくうなずいた。

「その通りでございます。あれは、なんとも致し方がございませんでした」

くやみをいって、源三郎と東吾は牡丹屋敷を辞した。門のところまで、先程の老爺が送ってくる。

「花畑はこのむこうか」

枝折戸のところで、東吾が立ち止った。

「牡丹が見事だそうだな」

「もうおしまいでございます」

老爺の声がしめっていた。

「旦那様がこのようなことになりましては、この先、花畑もどうなりますやら……」

門を出ると、神楽坂であった。

「源さんは徳斎を調べてみてくれないか」

生前に審刀会に出入りをしていたか、伝来の名刀を盗まれた屋敷と徳斎のつながりはなかったか。

「東吾さんはどうするんですか」

東吾が牡丹屋敷の土塀を眺めた。

「俺は、牡丹畑を見物して、なんなら小雪という女に、るいの伝言をいってみるさ」

「危険じゃありませんか」

母屋には人がいる。

「なあに、こんな夜がかえって無事なものさ」

四

牡丹屋敷の隣は寺であった。

境内から牡丹屋敷を見下す恰好になる。

うまい具合に月が出た。牡丹畑が夜の中に白く浮んでいる。忍び込むには勝手がわかって便利だが、逆にこっちの姿が見とがめられる怖れもあった。

だが、東吾は度胸よく、寺の崖から牡丹畑へ下りた。こちら側には塀がない。

花畑は白の牡丹が真盛りであった。月光の中の牡丹はあでやかで、女の園に迷い込んだような気持になる。

離れ家があった。灯がともっている。先刻、枝折戸のところからのぞいて、ここではないかと見当をつけていた。小さく琴の音が聞えていたものである。

庭へむかって、障子は開いていた。

行燈《あんどん》の灯かげに女がすわっている。前に琴がおいてあった。女は思い出したようにすすり泣いていた。

要心深く、東吾は軒先の植込みのへりを廻って行った。つくばいの横から、暫く部屋の様子をうかがった。

「誰……」

低い声がして、女がこっちをむいた。目が悪い分だけ、勘が鋭いのかと東吾は感心した。

「小雪どのというのは、あなたか」

「どなたです」

怯《おび》えていたが、大声は上げなかった。

「あなたが茶の木稲荷で出会った女から、たのまれて来た……」

小雪が息をのむようにした。色白の細面で、如何にも寂しげな容貌だが、美人である。

「では……あの……大川端の……」

「お前さん、なにか訴えたいことがあるんじゃないのか」

「お役人様ですか」

そっと、訊いた。

「俺は役人じゃないが、親代々、八丁堀に住んでいる」

女が思い切ったように、行燈の灯を消した。

「外は月が明るうございますか」

「見えるのか」

「いいえ、でも、月の上る時刻でございますから……」

「俺なら心配はいらない。植込みのかげにいる」

母屋からは見えない筈であった。

女が障子のかげににじり寄った。

「兄は、殺されたのでございましょうか」

「殺されるようなわけがあったのか」

小雪が耳をすませるようにした。あたりに要心している。

「この家の中には、誰がいる」

「みんな、母屋のほうだと存じますが……」

「待ってくれ」

東吾は離れ家へ上った。茶室だったらしい。

行燈に灯をつけて、水屋から外までを調べた。

「大丈夫だ」

再び灯を消す。

「俺がさっき、むこうで会ったのは道林という医者と、鈴木宗十郎、それに、安房屋喜左衛門が奥にいるといった」

「その外には、お由《よし》が居ります。道林の妹とか申して居りまして、私の世話をするということで、この家に住んで居ります」

「召使いはいないのか」

「畑仕事をする者たちは、みんな通って参ります。耳の遠い爺やだけが納屋で寝起きをして居りますそうで……」

「そんなに無人なのか」

「いいえ、母屋には何人か居ります。私は存じませんが、兄が私をここに移してから、私の知らない人が、母屋のほうに来ています」

「兄さんが、あんたをここへ移したのか」

「二カ月も前でございます。母屋へ来てはならないと……」

「何故だ」

「兄は怖れて居りました。仕方がないと申しました。この家を相続するには金が要ると。兄は先代の実子ではございません。正式に養子縁組をしてお上にお届けする以前に、先代がなくなりました。それで、兄が牡丹屋敷の相続人になるためには、諸方のお係の方々に金子《きんす》を贈ってお願い申さねばならないそうでございます」

「彦四郎は金集めをしていたというのか」

「兄は牡丹畑が気に入って居りました。私と花作りをして、一生安らかに暮せたらと申しました。でも、そのためには牡丹屋敷の相続人にならねばなりません」

「待て……」

東吾は小雪を制した。

「道林とか、鈴木宗十郎と申す連中は、彦四郎の友人というが……」

「鈴木宗十郎というお方は、四谷の父の店へよくお出でになっていた人でございます。たしか、尾州様の御家中とか聞いたことがございます。その他のお方は、ごく最近、この家に出入りをされているようで……」

「釣り友達ではないのか」

「兄が釣りをはじめたのは、ごく最近のことでございます。お由さんから聞きました。この頃は毎日のように夜釣りにお出かけなさるとか……」

ということは、夜に出かけて夜に帰ってくる。

「もう一つ、聞かせてくれ。徳斎が出入りの屋敷へ行く時に、彦四郎は供をして行ったことがあるのか」

「父は体が弱くて……刀の荷物を運ぶのは兄の役目でございました。ですから、いつでも父の供をして……」

母屋のほうから人の出てくる様子であった。

「あんた、なにか伝えたいことがあったら、茶の木稲荷に参詣しなさい。あそこにも、この屋敷の外にも、見張りはつけておく」

東吾はすばやく植込み伝いに花畑へ移動した。牡丹の中を抜け、寺の崖下にたどりついた時、琴の音が聞えた。ふりむいて、離れ家を見る。小雪は暗い中で琴を弾いているようであった。とすれば、彼女の目は、もう盲人に近い。

五

畝源三郎の調べは迅速であった。

四谷の刀屋、徳斎が審刀会によく招かれて出ていたことがわかった。

更に意外だったのは、鈴木宗十郎という侍についてであった。

彼は尾州家の家中ではなかった。刀剣の目ききとして、尾州家の重役の屋敷に出入りをし、刀剣の手入れをするために上屋敷の蔵へ入ったこともあるという。身許を知る者はいなかった。

安房屋喜左衛門については、別の知らせが入って来た。

廻船問屋で持船は二艘、ただし、同業者の間ではあまり評判がよくなかった。

二年ほど前に、欲にころんで荒天下に船を出し、難破して船も積荷も、船乗りも一人残らず海の藻屑になったことがある。

「安房屋はその時、積荷の弁償もしなければ、死んだ船乗りの家族の面倒もみなかったそうです。そんな阿漕《あこぎ》なことをした罰で、身代は左前だといいますくらいで……」

金もうけのためなら、危ない橋も渡りかねない奴だという。

「どうやら、源さんの見込み通り、牡丹屋敷の連中は、刀剣盗賊とかかわり合いがあるようだぞ」

牡丹屋敷に張り込みを続ければ、尻尾をつかめるのではないかと張り切ったが、彦四郎の野辺送りをすませた牡丹屋敷はひっそりとして動きが止ってしまっていた。

花畑に働く人々が朝夕出入りをするだけで、一晩中、見張っていても蟻の子一匹、出て来ない。

その中に聞えて来たのは、牡丹屋敷がお取りつぶしになるという噂《うわさ》であった。

八代将軍にゆかりのある岡本家は相続人のないままに絶家となり、屋敷はお上に召し上げられることになったという。

その日も、東吾は朝から茶の木稲荷にいた。

あの夜からずっと、ここで小雪からの連絡を待っている。

小雪は二度、おまいりに来た。お由という女中がついている。

堂内へ入って祈禱を受けて帰って行くだけであった。東吾には目もくれない。

お由がついているためではないかと思った。

が、東吾のほうから接触するのは危なかった。

どうしたものかと東吾は考えていた。牡丹屋敷がお召し上げになって、間もなく小雪はあの屋敷を出る。彼女の身のふり方がどうなるのかもわからなかった。

それに、もし、東吾の考えが間違っていなければ、盗賊が盗んだ刀剣は、牡丹屋敷のどこかにかくしてある筈であった。

けれども、仮にも将軍家ゆかりの牡丹屋敷を証拠もなしに家さがしするわけにも行かなかった。それに、牡丹屋敷は町方の支配外である。

もしも、彼らが刀剣泥棒だったとして、盗んだ刀剣を家さがしをしてみつかる場所にかくしておくとも思えない。町方がふみ込んで、なにもみつからなかったではすまなかった。

で、東吾も手をつかねて成り行きを見守っている。

昼下りの茶の木稲荷の境内にいて、東吾はなつかしい声を耳にした。

るいが嘉助を供にして御堂の前に立っている。その近くに、小雪がいた。どちらもおまいりに来て、たまたま、そこで出会ったという感じであった。

「おかげさまで、すっかり平癒いたしましたの。お礼まいりに来ました」

とるいが、にこやかに小雪に挨拶をしている。

「それはよろしゅうございました。実は私、もう、こちらへはおまいりに参れなくなりますので……」

小雪が悲しげに訴えた。

「兄がなくなりまして、私、今日の夕方、屋敷をひき払って、大坂へ参ることになりました。安房屋さんの船が明朝早くに大坂へ向いますので、それに乗せて頂きます」

お由が制したが、小雪もるいも手を取り合って別れを惜しんでいる。

「大坂では安房屋さんのお世話で琴の指南をして暮して行くことになりますの。ですから、持って参りますのも、大事なお琴だけで……本当に身一つであの屋敷を出ます」

「お名残惜しゅうございます」

「お大切に……」

「あなた様も、お目が少しでもよくおなりになりますように……」

お由が小雪の手を強くひっぱった。小雪はよろけ、ひきずられるようにして本堂へ入り合掌しただけで、すぐに出て行った。

そして夕方、小雪は文字通り身一つで屋敷の門を出た。

彼女と一緒に、今日、手伝いに来たという若い連中が道林の命令で大八車をひき出した。大八車にはいくつかの琴箱が積んであった。

大八車と一行が門を出たところで、待ちかまえていた畝源三郎とその捕方が取り囲んだ。

あっという間に、琴箱が開けられる。中には見事な琴が一面ずつ、布にくるんで収まっている。

「なにをする、尾州様拝領の御琴だぞ」

道林が声をからしたが、源三郎はかまわず琴の袋を開け、琴に手をかけた。桐の琴がずしりと重かった。

「源さん、どうだ」

いつの間にか、小雪を背にかばった東吾が声をかけた。

「仰せの通りです」

数人がかりで琴は裏を返されて、板がめくられた。同時に捕物が始まっていた。

同じ時刻、浦安の沖に停泊していた安房屋喜左衛門の船にも捕方が向った。

船上にいた安房屋喜左衛門、鈴木宗十郎は抵抗する間もなく縄にかかった。

「鈴木宗十郎って奴は、武士くずれの盗っ人だったんだ。仲間がみんな捕まって、暫くは人目を忍んで刀の売り買いなんぞをして暮している中に、徳斎と知り合った」

数日後の大川端「かわせみ」のるいの居間で、東吾は昼間から冷酒《ひやざけ》を飲んで、いい加減、酔っていた。

「徳斎を利用して、宗十郎は旗本、大名の家中なぞと知り合いになる。仲間の一人の道林と盗みの機会をねらっていた。そこへ、彦四郎が牡丹屋敷の後つぎになるといい出した。奴らは、彦四郎が家督相続の挨拶に金が入用なのを知って、名刀のある屋敷の手引をさせたんだ。彦四郎なら、親の代からのなじみで屋敷の様子も知っているし、刀のありかもわかる。審刀会の当日をねらったのは、源さんが考えた通りさ。誰しも、自分の秘蔵の刀が賞められた夜は、そのまま、蔵の中にしまい込もうとは思わない」

だが、彦四郎は次第にことの重大さを悟って怯えた。

「なんとか、お上に訴人することを考え出したんだ。それが、連中に気づかれて、夜釣りの舟で殺された」

舟をひっくり返し、水練の達者な道林と安房屋に、待ちかまえていた鈴木宗十郎までが加わって、船頭と彦四郎を水中に沈めて殺した。

「奴らにしても、足許に火がついたと気がついたから、盗みためた刀を安房屋の船で大坂へ運んで売り払うことにした。いくらなんでも、江戸ではすぐに足がつくからな」

「若先生……」

蕎麦を運んで来たお吉が笑い出した。

「でも、お手柄は、うちのお嬢さんですよ。うちのお嬢さんが、小雪さんにお琴のことをきいたから……」

それで東吾は気がついた。

「るいが、あの日、茶の木稲荷へ行ったのは、偶然なのか」

「いいえ、畝様から、小雪さんはあの夕方、牡丹屋敷を出るってお知らせがありましたの。おそらく茶の木稲荷へ行くだろうって……」

「畝様がおっしゃったんですよ、いくら、若先生が張り込んでいても、男では小雪さんが話しかける方法がないって……なにしろ、お由って女が見張ってるんですから……その点、女同士なら、少しはごま化しがききますでしょう」

「源さんの奴、そんなこと、俺にいわなかったぞ」

「お嬢さんを使って、申しわけなかったって、何度もあやまっておいででした」

縁側の桶に白い牡丹が挿してあった。

今朝、牡丹屋敷の小雪から届けられたものであった。

「小雪さん、今度は本当に牡丹屋敷をお出になるそうですね。どなたかさんと、どなたかさんのお世話で、お琴のお師匠さんをしてお暮しなさるんですって……」

るいが、そっと東吾の顔をのぞき込んだ。

「お住いは赤坂ということですから、どなたかさんは狸穴のお稽古の時、ちょいちょいお見舞にいらっしゃるおつもりかも知れませんことね」

「馬鹿……」

赤い顔を、更に赤くして、東吾は威勢よく蕎麦をすりはじめた。

花の匂いが、ほんのりとただよっている。

源三郎子守歌《げんざぶろうこもりうた》

一

盂蘭盆《うらぼん》が近づいて、昨年、非業に死んだ蔵前の札差、江原屋佐兵衛の法要が浅草の瑞泉寺で行われることになり、神林東吾は兄嫁の香苗の供をして出かけた。

江原屋佐兵衛の一人娘のお千絵《ちえ》は畝源三郎の妻である。父親の死後、お千絵が畝源三郎へ嫁ぐことになったのは、少々の理由があって、いわば事実上の仲人をつとめたのが神林通之進ということもあって、今日の法要に香苗が顔を出したのだが、東吾としては少々、面映《おもは》ゆかった。何故ならば、その法要には「かわせみ」から、るいと嘉助も招かれていたからである。

もっとも、香苗は義弟とるいの仲を百も承知で、源三郎夫婦に挨拶をしたあと、さりげなく、るいにも会釈をして、

「早いものでございますね、江原屋さんが歿《なくな》られて、もう初盆とは……」

親しげに話しかけたりしている。

東吾は兄嫁の後で、すこぶる神妙であった。

兄嫁が、なにもかも知っているからと、おおっぴらに、るいに対して馴々《なれなれ》しくふるまうほど、けじめのない男ではないし、それは、るいにしても同様であった。

法要に招かれた人々は、ごく内輪であったから、読経が終って、墓前に詣でながら、各々に故人の思い出話を語り合っていた。

お千絵が畝家へ輿《こし》入れしたあとの江原屋は忠義者の番頭をはじめ、奉公人がしっかりと家業を守っていて、今のところ、江原屋の暖簾《のれん》は主人なしでも小ゆるぎもしていない。

もっとも、番頭の一存では判断しかねるようなことがあれば、必ず畝源三郎に相談に来るし、源三郎も時折は店へ顔を出して、なにかと力になってやっている。

「お嬢さんのお二人目の坊ちゃまが暖簾を継いで下さるまで、手前共で江原屋をおあずかり申して居りますので……」

というのが番頭の本音で、お千絵が最初に産む男の子は畝家の嫡子だから仕方がないにしても、二番目の子供は、なんとしても母方の家を継いでもらいたいと、これは江原屋の親類も考えている。

で、今日の法要の席でも、おめでたはまだかと参会者に催促されて、源三郎は当惑し、お千絵はひたすら、頬を染めている。

参会者の墓参が終ると、寺の方丈で精進料理の膳が出た。

その末席に、これは畝源三郎に連なる縁で並んでいた深川の長助のところへ、表で待っていたらしい若い衆がそっとやって来て、遠慮そうになにか話しているのに、源三郎も東吾も目を止めていた。

当惑げに長助が畝源三郎をみる。以心伝心で、源三郎がそっと廊下へ出た。長助がそそくさと近づく。

「なにか、あったのか」

「申しわけございません。場所柄もわきまえませんで、とんでもねえことを持ち込みやがって……」

小塚原《こつかつぱら》に近い畑地で、男の死体がみつかったと、橋場の吉五郎のところへ、百姓が知らせて来たという。

「どうも、お武家のようだと申します」

このあたりの縄張りを持っていた橋場の久三というのが、長助と昵懇《じつこん》だったのだが一昨年の捕物で落命し、そのあとを吉五郎が継いでいる。

まだ若年なので、なにかにつけて、長助へ相談に来るのだが、たまたま、今日、長助が法事で瑞泉寺に来ているのを知っていて、若い者を知らせによこした。

「御法要の席を中座してあいすみませんが、手前は、ちょっと行ってやりてえと存じまして……」

「よし、俺も行こう」

「いいえ、旦那は御法事でございますから」

しかし、源三郎は席へ戻って、そっとお千絵に耳打ちし、そのまま、方丈を抜けて玄関へ出て来た。

「なんとも、恐れ入ります」

長助が頭を下げ、源三郎が笑った。

「お上の御用だ、遠慮することはない」

吉五郎の若い者が先に立って、新鳥越町から山谷町へ出る。この道は千住大橋へ向う街道筋であった。

町屋はやがてなくなって田畑が続くむこうに小塚原の仕置場がみえる。

昼間でも寂しい所で時折は追いはぎが出たりするという。

むこうに牛頭《ごず》天王社の大屋根がみえるあたりで道案内が左折した。

池がある。

雑草が子供の背丈ほどにも伸びている中に二、三人が突っ立っていた。

「こりゃあ、畝の旦那……」

その中の一人、吉五郎が慌てて走り寄ってくる。

「おさわがせ申して、すみません」

死体は体の半分が水に漬っていた。

源三郎と長助が一瞬、眉をひそめたのは、男が殆ど、素裸にされていたことである。

「裸で殺されたんじゃございません。殺してから衣類をはぎ取ったようで……あっちこっちに散らばって居りました」

着物、帯、袴《はかま》と、拾い集めたらしいのがまとめてあった。泥と血にまみれて惨憺《さんたん》たる有様である。

「なにかを探したようだな」

着物の衿や袂《たもと》がひき千切られている。

「こいつは、ひでえことをしやあがったな」

殺人現場に似あわない明るい声がして、麻の紋付に袴の裾を高くたくし上げた東吾が夏草のしげみへ顔を出した。

「東吾さん……」

「義姉上《あねうえ》は、るいと嘉助が供をしてくれるそうだ」

死体をのぞいて、呟《つぶや》いた。

「こいつは、一人で殺ったんじゃねえな。ざっとみて三人か四人、総がかりでめった斬りにしやがったか」

自らの血を浴びて朱《あけ》に染まっている男の体は筋骨たくましく、陽に焼けていた。

「差し料は、どうした……」

東吾の声で、吉五郎が傍らの草の上に並べておいた大小を持って来た。

太刀は柄糸《つかいと》まで血に染まって、刃こぼれがしている。

「刀身と鞘《さや》は、別々になって居りました」

小刀と鞘は、死体の帯をほどいた時に持ち主の体から離れたものだろう。太刀は抜き身のまま、死体が握っていたという。

「江戸を発って来たのか、川むこうから来たのか……」

死体は草鞋《わらじ》を履いている。

「二里や三里は歩いたようだが……」

草鞋の汚れ、傷《いた》み具合であった。

懐紙を出して、源三郎が大小を改めた。

「無銘ですが、なかなかの差し料です」

少くとも、郷士や仲間《ちゆうげん》小者の持てる刀ではなかった。

「これだけ刃こぼれがしていますから、相手方にも深傷《ふかで》を負った者が居りましょう」

死体の年齢は二十七、八でもあろうか。

長助が怯《おび》え切っている百姓を連れて来た。

この死体の発見者である。

「今日はひる前までは街道のむこう側の畑で仕事をしていまして。弁当をつかうんで、ここへ来まして……」

二人とも、近在の百姓である。

「朝早くから、畑へ出ていたのか」

「へえ、六ツ（午前六時）にはもう仕事にかかって居りましたんで……」

その場所は街道沿いの畑地であった。

「そうすると、殺されたのは夜明け前か……」

検屍《けんし》の医者が、やがて、それを裏付けた。

厄介なのは、身許のわかりそうなものを何一つ、持っていないことであった。

「ともかくも、お清めをなすって下さいまし」

死体を若い者に運ばせ、一同がぞろぞろと池のほとりから出てくると、そこへ牛頭天王社の神職がやって来た。

境内に捨て児があるという。

「まことに、けしからぬことでございますが、境内に野宿をして居りました乞食の夫婦が、いつも連れては居らぬ赤ん坊を抱いて居りますので、問いただしましたところ、夜明け前に、旅の侍がおいて行ったと……」

源三郎が東吾をみ、東吾がうなずいた。

牛頭天王社へ行ってみると、赤ん坊は拝殿の床に寝かしてあり、寺男が乞食の夫婦をどなりつけている。

「赤ん坊を捨てて行った男と申すのは、どんな姿であった」

源三郎が訊ねてみると、背恰好といい、時刻といい、又、誰かに追われて行ったようだという乞食の話からしても、どうも、池のほとりで殺されていた侍ではないかと思われた。

赤ん坊は、男の子で生後三、四カ月になっているのだろうか、木綿物の腹掛けをして麻の葉の着物を着せられている。

源三郎と東吾がのぞいてみると、泣きもせず、つぶらな瞳で愛らしくきゃっきゃっと笑い声を立てた。

二

まだ暮れ方には、ちょっと間のある時刻。

東吾と源三郎と長助が「かわせみ」の暖簾をくぐった時、長助のところの若い衆が背中にしょって来た赤ん坊は、火がついたように泣いていた。

「最初は、えらく大人しかったんだが、途中から鬼の子がすりかわったみてえに、びいびい泣きやがって……」

途方に暮れた顔で東吾がいいかけるのを、

「冗談じゃありませんよ、お襁褓《むつ》はぐっしょりだし、この分じゃ、お腹もすいているに違いないですよ」

そそくさと若い衆から赤ん坊を抱きとった女中頭のお吉が、あっという間に奥のほうへ連れて行った。

「先程は、すまなかった」

兄嫁のお供をるいと嘉助に押しつけて、千住へ出かけた東吾である。

「奥様は、御機嫌よく、お屋敷へお戻りでございました」

律義に嘉助が報告し、るいは男三人を居間へ案内した。

「さぞ、お暑かったでございましょう」

冷えた西瓜《すいか》やまくわ瓜が運ばれて、源三郎は改めて、今日の法事の礼をいった。

「それにしても、なんでございます。あの赤ちゃん……」

人殺しの現場へかけつけて行った男達がつれて来たのだから、どっちみち、いわくのある赤ん坊とるいも嘉助も承知している。

「どうも面妖《めんよう》な話でね」

西瓜にかぶりつきながら、東吾がざっと話をして、

「前後の様子から考えると、子連れの侍が、危険を察知して、赤ん坊を牛頭天王社の境内において、小塚原の近くまで逃げたのが、そこで敵に囲まれて斬り殺されたといった按配なのだがね」

場所柄、物盗りの仕業とも思えないことはないが、それにしては、かなり値打ちのある侍の大小をそのままにして行ったのがおかしかった。

「いくら、血まみれの刃こぼれでも、手入れをすれば、かなりの値で売れるんだ。物盗りが、そいつをうっちゃって行くわけはねえ」

「侍は、追われていたと考えるほうがいいでしょう、逃げ切るために子供を捨てたか、子供に害が及ばないようにと考えたか」

東吾が行儀悪く巻き舌で喋っているのに、畝源三郎のほうは、八丁堀の旦那らしくなく丁寧なもの言いをする。これは、畝源三郎の性格でもあった。

「どうして、お侍が赤ちゃんをつれて逃げてお出でだったのでしょう。赤ちゃんのお母さんは、いったい……」

るいが女らしく、そっちへ気を廻した。

たしかに、大の男が赤ん坊をつれて夜旅というのはおかしい。

「母親がいないのか、それとも、途中ではぐれたのか……」

若い夫婦が、まだ幼い子供を伴って、急な旅に出るとすると、子供は父親が背負ったほうが、なにかと便利には違いない。

「先を急いでいたとすれば、そうなるだろうな」

「おっ母さんは、どこかに生きているってことも考えられます」

東吾と長助がいい、嘉助が訊ねた。

「追っ手がかかって逃げたのだと致しますと、逃げた理由はなんでございましょうね」

争いごとか、借金か。

「追っ手は、殺した侍の体を調べているんだ。なにかを探したあとがある……」

「それにしても、いったい、どこからお出でになったんでしょう」

るいがいった時、お吉が赤ん坊を抱いて入って来た。

「ごらんなさいまし。お襁褓をとりかえて、重湯をたっぷり飲んだら、こんないい御機嫌で……」

「よく、かわりの襁褓《むつき》があったな」

東吾がいい、るいが笑った。

「宿屋には、たまに子連れのお客様もお出でになりますでしょう。お吉が浴衣《ゆかた》の古いのを丹精して、なにかの用意に作ってあるんです」

そういわれて、お吉が少しばかり眩《まぶ》しそうな顔をしたのは、お客のためというよりは、いつか、東吾とるいの間に、愛らしい赤ちゃんが生れなさったら、と、心ひそかに用意していたというのが本当のところだったからである。

「今、お湯がわいたら、ざっと行水をつかわしてあげようと思います。なんたって、汗びっしょりで……」

赤ん坊の腹掛けをお吉がめくってみせて、それで、東吾が気がついた。

「その腹掛け、はずしてくれないか」

金太郎の人形がしているような菱形の腹掛けは、木綿の袷《あわせ》になっていて、表は着物の端布らしいが、裏は手拭であった。

「こりゃあ、祭の手拭だな」

祭礼のくばりものの手拭を、母親が赤ん坊の腹掛けの裏にしたようである。

「松戸天神か……」

東吾がふっと唇をゆるめた。

「源さん、赤ん坊は松戸からやって来たんじゃないか」

松戸は水戸街道であった。

武蔵国から新利根川を越えて、下総相馬郡へ入って最初の宿場である。

「明日、俺が松戸まで行ってみよう」

腹掛けを、お吉の手へ戻しながら東吾がいった。

畝源三郎が、なにかいいかけて、黙って頭を下げた。八丁堀の同心は、格別のことがない限り、御府内を出ることは出来ないが、与力の次男坊の東吾の立場は自由であった。

「手がかりがつかめるか、どうか。長助親分につき合ってもらっていいかな」

長助が勇み立って膝を進めた。

「手前のところに、松戸生まれの若え者が居ります。むこうへ行って、なにかお役に立つかも知れませんので、手前と一緒にお供をさせて頂きます」

残ったのは赤ん坊の始末だが、

「せめて身許がわかるまで、私共でおあずかり致しましょう。宿屋なら、急に赤ん坊の声が聞えても、誰もあやしみは致しますまい」

とるいが女長兵衛をきめ込んで、源三郎がそれに甘えることとなった。

翌早暁、東吾は「かわせみ」に迎えに来た長助と、信吉という若い者と一緒に、草鞋の足ごしらえをして、大川端を発った。

水戸街道は日本橋から千住までが二里だが、東吾たちは勝手知った大川を溯《さかのぼ》って、綾瀬川を渡り、そこからは徒歩で亀有村へ向い、水戸街道を新宿、金町村と行く。

この街道は川が多い。

新宿から松戸までは一里二十九丁、夜明けに大川端を出て、朝風のさわやかな中に旅を続けて来た一行は、松戸へ着いてから茶店で一服した。

茶店の主人が、信吉の知り合いで、「かわせみ」から持って来た赤ん坊の腹掛けをみせると、その手拭は、今年の四月、松戸天神の祭礼に町内の大店《おおだな》の旦那衆の寄合いがくばったものだとわかった。

「そういうことなら、名主の高野庄兵衛様にきいてみるといいかも知れねえ」

と茶店の主人がいい、一行は教えられた高野庄兵衛の屋敷へ行った。

このあたりの大地主で、名主をつとめる高野庄兵衛は今年、還暦というが、まだ矍鑠《かくしゃく》として、東吾達が訪ねて行った時は、裏の畑で家の者と茄子《なす》をもいでいた。

江戸から来たという東吾を、屋敷の広縁へ案内し、麦湯などをふるまってから、話をきいてくれたが、やがて家人を呼んで、

「藤兵衛を呼んで来なさい」

といいつけた。

「藤兵衛と申しますのは、この先の水車小屋の近くに住んで居ります百姓でございます

が、その女房は以前、江戸へ奉公に参りまして、お侍の家で下働きをしていたことがございます」

昨年の秋のこと、その藤兵衛のところへ江戸から若い夫婦が身を寄せた。

「藤兵衛が申すには、女房が以前、お世話になったお屋敷の娘御で、どうやら、親に許されない相手とかけおちをして来た様子、若い者の無分別だが、恩返しのつもりで暫く、かくまってやりたい。折をみて、二人は親に詫びを入れる気でいるようだ、と、まあ、手前共に相談に参りました。きけば、娘御のほうは妊《みごも》っているとか、それでは身二つになるまでお世話をして、子まで生《な》したとわかれば親御様も堪忍なさる日もあろうかと、藤兵衛夫婦の思うようにさせておきました。手前一存のことで、お上にお届けはして居りません」

それというのも、若い夫婦に好感を持ったからで、男のほうは藤兵衛と共に、畑に出て鍬《くわ》をふるい、よく働いて、女房とつましく暮している様子がなかなか殊勝にみえたからである。

「近い中に、江戸へ帰参なさる日もあろうと存じて居りましたので……」

不名誉なかけおち者として、お上をわずらわすこともないと思い、土地の者には子細あって、藤兵衛方に身を寄せている江戸の者とだけ、多くは語らなかったという。

この四月の末に男の子が誕生し、健やかに育っていた。

「祭の手拭は、縁起もよいので、赤ん坊の甚平にでも作るとよいと申して、家内が藤兵衛の女房にことづけてやったようでございます」

年恰好からして、その侍ではないかと思うのだが、

「人ちがいであればよろしゅうございます」

眉を寄せた。

やがて、藤兵衛夫婦が来た。

「お前のところに身を寄せていた夫婦者は一昨日、江戸へ向って行ったのではないか」

と庄兵衛が訊き、中年の夫婦は顔色を変えて頭を下げた。

「名主様にお知らせ申すべいか、嬶《かかあ》と考え込んで居ったところで……」

五日ほど前、藤兵衛は、裏の納屋を改造して暮している夫婦者のところに、旅人が一人逗留しているのに気がついた。

訊ねてみると、街道で苦しんでいるのを、たまたま通り合せた市三郎が助けて、家へ連れて来て夫婦で介抱しているのだが、どうやら食当りだったようで、もう一日も休ませれば、江戸へ発てるだろうということであった。

「市三郎というのが、かけおち者の亭主か」

と東吾。

「へえ、御直参の御子息だそうで……」

一昨日の夕方のこと。

「市三郎様が手前共へ来られて、急用で江戸へ行く、病人は寝ているが、明日の朝にな

ったら、粥《かゆ》でも運んでやってくれといわれまして……」

市三郎は旅仕度で、女房は赤ん坊を背負っている。如何にも慌しい様子に吞まれて、藤兵衛夫婦は、なにも訊けずに三人を見送った。

ところが、それから一刻《いっとき》（二時間）ばかり後に、街道で草鞋を売っている弥作というのが、三人の侍を案内してやって来た。

「病で倒れた侍をつれて行った者の家はここかといわれましたんで……ともかく、納屋へ案内しまして……」

戸を開けてみると、狭い家の中には誰もいない。どうも押入れの中で物音がするというので開けてみると、がんじがらめに縛られた侍がころがり出た。

「あとはなにがなにやら……市三郎様が面倒をみていた侍と、あとから来た三人が一緒になって、まっしぐらにとび出して行きました……」

「その侍たちは、どこの国の者か、わからぬか」

「水戸様のお侍でございます。ここは水戸街道で、水戸様のお侍はよく通ります」

訛《なまり》でわかるといった。

「市三郎という男、直参の悴《せがれ》らしいが、姓は申したか」

「いいえ、存じません」

「女のほうは……」

「おいね様でございます。お子は長松と名付けられまして……」

答えたのは、藤兵衛の女房であった。江戸奉公をしただけあって、言葉づかいがはっきりしている。

「あんたは、以前、その女の家へ奉公していたそうだな。その屋敷はなんというのだ」

東吾にうながされて、女房が頭を下げた。

「本所のお殿様で……笠原長左衛門様とおっしゃるお屋敷で、おいね様はそこのお嬢様でございます」

「笠原長左衛門……」

はっとして、東吾はこの実直な百姓夫婦をみつめた。

「お前たちが、昨年の秋から面倒をみたというのは、笠原どのの娘だったのか」

手間をかけてすまなかったといい、東吾は手早く持ち合せを紙に包んで、藤兵衛に渡した。

「笠原どのが聞かれたら、どんなに喜ばれよう、俺からも礼をいう」

名主の庄兵衛にも頭を下げた。

「江戸から松戸まで来た甲斐がありました。先を急ぎますので、これにて……」

水戸街道を江戸へ戻りながら、東吾はなんという因縁かと思っていた。

笠原長左衛門という名を、読者の方は或いは記憶されて居られるかも知れない。

昨年の秋、畝源三郎に縁談のあった相手は新番方組頭、笠原長左衛門の娘、おいねであった。

だが、新番方小町といわれたほどのおいねには相思相愛の恋人がいて、こともあろうに源三郎と祝言の日に、二人はかけおちし、その結果、源三郎のほうは瓢箪から駒が出た恰好で、かねてひそかに恋していた江原屋のお千絵と夫婦になることが出来た。

もとより、東吾はその後、かけおちした笠原家の娘が、どこでどうしているとも、まるで気にもとめないでいたのだが、昨日、源三郎が千住で検証した死体は、おいねの相手だった坂倉市三郎に違いない。

「こいつは、えらいことになりました」

事情を知っていた長助も、舌を巻いている。

三人は水戸街道をまっしぐらに江戸へ向った。

市三郎とおいねが偶然、介抱した侍は、藤兵衛がいうように、おそらく水戸藩士だったのだろう。

市三郎か、おいねかは知らないが、二人はその侍の持ち物から、なにかをみつけた。それは、父祖代々、幕府の禄を食《は》む者にとって重大ななにかだったに違いない。夫婦はそれを奪って江戸へ夜旅をかけた。だが、運の悪いことに、一足ちがいで、水戸の侍が旅の途中、病で倒れた仲間を訪ねて来た。

市三郎夫婦が江戸へ持って行こうとしたものは、水戸藩士にとって、命にかけても取り戻さねばならないものでもあった。

千住大橋を越えて、市三郎は彼らに追いつかれ、斬り殺された。だが、果して、水戸藩士は市三郎の遺体から、その目的とするものを取り戻して去ったのだろうか。

もし、そのなにかを、おいねが持っているとしたら、水戸藩士はそれこそ狂気のようにおいねの行方を求めているのではないだろうか。

「松戸から江戸へ、いくつ道があるだろうな」

歩きながら、東吾が訊き、長助が汗を拭きながら答えた。

「金町村からは成田不動へ抜ける道がございます」

遠廻りだが、成田道を通って江戸へ入る方法がある。

「亀有からは、小梅路がありますし、その前に中川を舟で下れば、向島へ出て来るってことも……」

「その先は、本所深川だな」

笠原長左衛門の屋敷は本所割下水《わりげすい》であった。

「水戸の連中は、市三郎の女房が、笠原長左衛門の娘とは知っていないんだ」

もし、途中でおいねを見失ったら、探し出すのは困難であった。

「おいねどのが、無事に、実家へたどりついているとよいが……」

東吾の足が更に早くなって、長助は息を切らしながら、必死でそのあとについて行った。

三

八丁堀の組屋敷の中にある畝源三郎の家では、お千絵が縁側に出て縫い物をしていた。

小者は、主人に従って町廻りに出かけていて、この家はお千絵が一人である。

留守には、もう馴れていた。

ここへ嫁に来る前から、畝源三郎の気性はよく知っている。

町奉行所同心という役目を天職と心得ている男であった。

格別、手柄を立てて出世をしたいとのぞんでいるのではなかった。ただ、江戸の治安は俺達が守っているのだという八丁堀育ちの意気地のようなものは、彼にも亦《また》、強い。

職務に忠実なのは、そのためであった。

そして、お千絵も江戸の女であった。

夫の誇りとするところは、妻の誇りでもある。留守を守ることを寂しいと思ったら定廻り同心の女房はつとまらない。

それに、と、お千絵は針の手を止めて、そっと自分の腹部へ目を落した。

まだ、まるで目立っていないが、指折り数えなくとも、そこには四カ月の胎児が育っている筈であった。

十日ほど前に、八丁堀の高橋宗益を訪ねて、診察を受けた時に、月満ちて生れるのは来春早々といわれてもいる。

そのことを、お千絵は夫にいいそびれていた。

早く打ちあけて喜ばせてあげたいと思いながら、その折がなかったのは、源三郎が多忙すぎるためで、夫婦でゆっくりくつろぐ時がないせいである。

いっそ、「かわせみ」へ行って、るいに話してみようかと思わないでもない。しかし、誰よりも先に、夫に知らせたい気持が強かった。

赤児《やや》さんが出来たら、お留守でも寂しくない、とお千絵は思う。

今朝から、お千絵は赤ん坊の肌着を縫いはじめていた。

お千絵が立ち上ったのは、豆腐売りの売り声が聞えたからである。

味噌こしを取って、裏口から外へ出る。

おやと思ったのは、くぐり戸を開けたとたんに、女がとびのくようにしたからであった。

通りすがりの人かと、お千絵はその女に向って、軽く会釈をした。

相手はまじまじとお千絵をみている。

豆腐屋はむこうの町角に荷を下していた。

近所の女たちが集っている。お千絵がそっちへ歩き出そうとすると、

「もし……」

低く、女が呼んだ。

「こちらは、畝源三郎様のお住いでございますね」

お千絵はふりむいて、うなずいた。

「左様でございますが……」

「失礼でございますが、御在宅でいらっしゃいましょうか」

「只今は、お役目で他出して居りますが……」

「あなたさまは……」

女の目に強いものを感じて、お千絵は相手を見返すようにした。

「家内でございます」

女が目を伏せた。なにもいわず急にお千絵に背をむける。

おかしな人だと思いながら、お千絵は豆腐屋のほうへ行った。

「毎度どうも……」

愛想よく頭を下げた豆腐屋の親父が、あたりを見廻して声をひそめた。

「ちっとばかし、妙な奴らがうろついて居りますんで、お気をつけ下さいまし」

海賊橋のところから坂本町へ入ってくる角で、見馴れない勤番侍に声をかけられたという。

「そいつが、畝の旦那のお屋敷はどこだってぬかしやがる。どうも、うさんくさい連中なんで、俺はこの辺に商売に来たのは、はじめてだから、なんにも知らねえととぼけたんですが、好かねえ野郎でしたから、そこの番屋にも、ちょいと声はかけておきやした」

八丁堀界隈で暮す者は、身びいきで組屋敷の家族には親切であった。なかでも、畝源三郎は彼らに人気がある。

「ありがとう。気をつけましょう」

豆腐の入った味噌こしを手にして屋敷へ戻ってくると、玄関のところに侍が三人、立っている。

豆腐屋がいったのは、この連中のことかと思い、お千絵は落ちついて、相手をみた。

成程、勤番者だと豆腐屋がいったように、着物の好み、着付け方が江戸の侍ではない。

「どなた様でございますか」

声をかけると、四角い顔の侍が食いつくような顔をした。

「当家に女が逃げ込んだ。出せ、出さんととんだことになるぞ」

「だしぬけに左様なことを申されても困ります。ごらんのように、私は戻ったばかりでございます。一応、家の中を改めて参りますので、暫く、お待ち下さいませ」

「なに……」

侍は凄んでみせたが、もう一人に制せられて、玄関に仁王立ちになった。

「間違いない。女が逃げ込んだんだ」

「ともかくも、お待ち下さいますように」

お千絵は、かまわず家へ入った。

居間から奥へ行く。

そこに女がいた。先刻、お千絵に声をかけた女である。

「おかくまい申します。お案じなさいますな」

低くささやいて、お千絵は玄関へ戻った。式台へ丁寧に手を突いて、侍たちにいった。

「なにかのお間違いではございませんか、当家に左様なお方は居りませんが……」

「間違いではない……」

「狭い屋敷でございます。私が見廻りました限り、左様な者は……」

侍が土足のまま、式台にふみ込もうとした。

「無礼なことを、なされますな」

「どけ……」

「いいえ」

一人が抜刀した。

とたんに、表からその侍めがけて豆腐がとんで来た。侍の頭に当って、ぐしゃりと砕ける。

「泥棒だ、泥棒だ。畝の旦那のお屋敷に泥棒が入《へえ》ったぞ」
二、三人がどなり廻る声と一緒に、豆腐、がんもどきがとんでくる。大根、人参が宙をとぶ。
侍たちが顔を見合せ、門の外へ逃げ出した。

なんといっても場所が悪い。

八丁堀の組屋敷の中だ。

お千絵は奥へとって返した。女がいなかった。

「もし……」

呼んでも返事がない。

裏口から逃げたと気がついて、お千絵は青ざめた。

この屋敷を出たほうが危険であった。

玄関へ廻って、豆腐屋に訊いた。

「あの侍たちは……」

「ざまあみやがれ。亀島橋のほうへ逃げて行きましたよ」

「ありがとう。御礼はあとで……」

足袋はだしのまま、お千絵はとび出した。

水谷町の通りを走って行くと、突き当りが亀島川で……その右手が与作屋敷と呼ばれている空地である。

人が走っていた。

「誰か、来てくれ。女が斬られた……」

お千絵は空地へかけ込んだ。

あの女は朱に染まって土に伏していた。

肩から袈裟がけに二太刀。すでに息がなかった。

「お千絵さん……」

大きな声が聞えて、お千絵はその声へふりむいた。

東吾が近づいて来る。

「大丈夫か、怪我はないか」

その顔から滝のように汗が流れているのを目にしたとたん、お千絵は急にあたりがまっ暗になった。

畝源三郎が知らせを聞いて、八丁堀の屋敷へ帰って来た時、お千絵は奥の間に寝かされ、容態をみていた高橋宗益が帰りかけるところであった。

「先生……」

流石《さすが》に顔色の変った源三郎に、高橋老人が手をふった。

「大丈夫、御新造は無事じゃ。しかし、もうおてんばはいかぬとよくいっておいたぞ」

医者が帰り、東吾がなんともいいようのない顔をして、源三郎の袖をひいた。

「まず、お千絵さんの顔をみてから、こっちへ来てくれ。源さんにみせたいものがある」

源三郎は素直に奥へ行った。

お千絵の枕許には、るいがついている。

「あなた、御心配をかけまして……」

恥かしそうに笑った妻の手を握ってやってから、源三郎は東吾の所へ来た。

「これをみろ」

女持ちの紙入れであった。

「こいつを、おいねさんは源さんの部屋の机の上へおいて行ったんだ」

「おいねどの……」

「与作屋敷のところで、水戸の奴らに斬られたよ。源さんの奥方は、おいねさんを助けようとして、並みの体でないのに、八丁堀をかけ廻ったんだ」

東吾の言葉の意味がわからないまま、源三郎は紙入れの中の封書を取り出した。表書きをみただけで、水戸家の誰が、江戸の水戸屋敷の誰に書いた手紙かわかる。

「おいねさん夫婦は、その密書を偶然、読んだんだ。おそらく、病気の介抱をしてやっている中に、身の廻りのものを洗ってやるかなぞした時に、みる機会があったんだろう。坂倉市三郎はくさってても江戸侍だ。命がけでこいつを知らせようとした」

水戸藩は御三家の一つでありながら、勤皇を志し、なにかにつけて、幕府批判があるのは周知であった。

「水戸の過激派連中は、こいつが公《おおやけ》になったら、お家の大事だから、死物狂いで市三郎を追いかけて斬った。しかし、密書はおいねさんが持っていたんだ」

おそらく、中川沿いに舟で下って来て江戸に入ったのだろうが、

「源さん……俺がいいたいのは……おいねさんが江戸へ入った道筋は、どこから来たとしても、八丁堀へ来るよりは本所の親父の屋敷へかけ込むほうが早かった筈だってこと

さ」

おいねは、本所で足を止めなかった。

危険を承知で、八丁堀の畝源三郎へ、これを届けようとした女心は、もとより、祝言を前にして、自ら裏切った男への、せめてもの詫び心だったのだろうか。

「水戸藩の連中は、千住で坂倉市三郎の死体を調べたのが、八丁堀の畝源三郎と知っている。だから、ひょっとして、女も八丁堀の畝源三郎をたよってくるかと、見張っていたのかも知れん」

一足遅くて、殺さずともよい女を死なせてしまったことが、東吾にも無念であった。

「そいつを御奉行に届けるだろう。もう手出しは出来まいが、念のために、俺も奉行所まで、ついて行こう。そのあとで、おいねさんに会ってやれよ」

八丁堀から南町奉行所まで、東吾は源三郎につき添い、又、長助が走り廻って、町方お手先一同が次々と道筋に集って来て、それとなく警固をしたが、水戸家のほうも、もはや覚悟を決めたように、手出しはしなかった。

江戸の白昼、将軍家のお膝許で町奉行所の面々とことをかまえては、更に天下の大事になると、水戸家のほうでも承知している。

南町奉行筒井《つつい》和泉守《いずみのかみ》政憲《まさのり》は自ら、直々に畝源三郎と神林東吾に目通りを許し、その報告を聞いた。

二人が奉行所を出たのは、夜になってからである。

おいねの遺体は、すでに清められて、新しい衣服に着がえ、棺に納めてあった。

万事は、神林通之進の指図である。

本所からは、知らせを受けて笠原長左衛門が来ていた。

「このたびは、抜群のお働き、おいねどののことはお奉行も、いたく心を動かされておでてでござった」

通之進の挨拶を受けて、笠原長左衛門は目を赤くした。

「不孝者が……せめて、上様に忠義を尽してくれましたこと、親としてまことに面目が立ち……」

声がかすれて、笠原長左衛門はそのまま、両目を押えた。

遺骸は行列をととのえて、八丁堀から本所へ向う。

源三郎も東吾もその行列に加わった。

しめやかな通夜の用意が、おいねの生まれ育った家で行われている。

さて、一件落着した翌日「かわせみ」では、朝から、赤ん坊を風呂に入れ、新しい衣服を着せて、大さわぎをしていた。

赤ん坊にとっては、祖父に当る笠原長左衛門が、今日、孫息子をひきとりに来る。

「笠原どのも、情のわかる仁だ。坂倉市三郎の死体をひきとって、おいねどのと一緒に野辺送りをされたし、二人も安心して成仏してくれるだろう」

どこか感慨深げな東吾に、るいがそっといった。

「おいね様は、もしかすると、本当は畝様がお好きだったのかも知れませんね」

縁談があって見合をして、畝源三郎を憎からず思った。

「でも、以前からの恋仲の市三郎様がお出でなさる。今更、畝様に見変るわけにも行かないでしょう。ずるずると御祝言の日が近づいて……その中に市三郎様のお子をみごもっていることに気づかれた。それで、お二人でかけおちをなさったということかも……」

赤ん坊の生れた日から逆算すると、畝源三郎とおいねが祝言をあげようとした頃、おいねはもう五、六月になっていた筈だ。

「本当は、源さんのほうが好きだったってのか……」

「それは、わかりません。市三郎様にも情はおありでしたでしょうが……」

「二人とも、好きだったのか……」

「でも……」

大事の密書を畝源三郎に渡したかった女心が、るいにはわかるが、東吾のほうはなんとなく納得しない顔である。

「るい……そういうことを、うっかり、お千絵さんにいうなよ。あっちは、これからが大事な体だからな」

お千絵が倒れた時に、高橋宗益が来て、東吾にも、るいにもお千絵の妊娠を告げた。

「お千絵さんは、まだ、源さんに話してないらしいよ」

東吾が笑った。

「まさか、俺からいうのも照れくさいしな」

男の声で、子守歌が聞えた。

お吉がおかしそうに入って来て告げた。

「畝様が、赤ちゃんをあやしてお出でなんですよ。子守歌なんて、はじめてお歌いになったんじゃありませんか」

東吾が、この男にしてはしんみりと子守歌に耳を傾けた。

「あいつ、案外、いい声をしてやがる……」

「もう半年もすると、御自分の赤ちゃんに子守歌をうたってあげることが出来ますのにね」

「知らぬが仏だよ。ざまあみろだ」

賑やかな笑い声が、やがて、子守歌に吸い込まれた。

武骨な源三郎の腕の中で、おいねの赤ん坊は大人しくねむっているようであった。

犬《いぬ》の話《はなし》

一

夕方に狸穴《まみあな》を発って、神林東吾は通い馴れた道を、飯倉から芝口へ抜け、汐留橋を渡って木挽町から弾正橋へ、そこからまっすぐに行けば八丁堀の組屋敷だが、桜川沿いを迂回して長崎町を通り、最後にもう一つ、橋を渡って「かわせみ」へたどりついた時は、夜が少々、更けていた。

日中歩くのよりはましだが、まだ昼のほてりの残っているところの道中だから全身、汗みずくで、やれやれと裏木戸を入りかけると、いきなり、犬が吠えた。

闇をすかしてみると、ちょうど、るいの居間の前の庭先に、白い犬が四肢をふんばって、こっちを睨んでいる恰好である。

「冗談じゃねえぜ。どこから来たんだか知らねえが、主人に吠えるとは、お前も相当にそそっかしいな」

声をかけながら、縁側へ近づくと、家の中からは犬の吠え声をたしなめていたるいが、

「どうしたの。誰かいるのですか」

縁側に下げた簾《すだれ》から外をのぞいて、

「まあ、東吾様、お帰りなさいまし」

花が咲いたような笑顔が、廊下に持ち出した行燈《あんどん》の灯影に浮んだ。

「こいつ、どこの犬だ」

吠えるのをやめて、うさん臭そうに、東吾をみている犬は、それほど大きくはない。二つの耳がぴんと立ち、尾がきりりと巻き上っている。

「それが、迷い犬なんですよ」

声をききつけて、とんで来たお吉に風呂の仕度をいいつけて、るいは沓脱《くつぬ》ぎに下りて東吾の草鞋《わらじ》を解いた。

「もう七日になるんですけれど、すっかり居ついてしまって……」

「情ねえ犬だな。帰る家を忘れたのか」

「よっぽど遠くから来たみたいで、痩せて泥まみれだったんです」

袴《はかま》も、麻の着物もさばさばと脱ぎ捨てて、恋女房が背中から着せかけた浴衣《ゆかた》を羽織って東吾は勝手知った風呂場へ行った。
二、三杯、湯をかぶり、るいに背中を流してもらって、のんびりと湯舟につかってい

ると、外の焚口から番頭の嘉助が、湯加減を訊く。

「いい湯加減だ。手数をかけてすまないな」

とんでもないことで……、と応じた嘉助の横で、くうん、くうんと甘え啼きをしている犬の声がする。犬はこっちへ来ているらしい。

「迷い犬だそうだな」

湯気の流れ出て行く窓へむかって、東吾がいった。

「左様で……あんまり愛敬のいい犬じゃございませんが、おとなしくて、むやみには吠えません。それに、案外、行儀がようございますので、おそらく、どこぞで飼われていたものでございましょう」

ちょうど、七日前の午後、近所へ用たしに出かけたるいが、豊海橋《とよみばし》の袂《たもと》でうろうろしている犬をみかけた。

「手前が、お嬢さんの供をして居りまして、お嬢さんは、別に犬に声をおかけなすったわけじゃございません。ところが、犬のほうがお嬢さんをみつけると、嬉しそうにとんで来まして、そのまま、ついて参ります。大方、飼い主と間違えたんだろうと、あたりを見廻しても、それらしい人も見えませんで、結局、家まで来てしまいまして……」

嘉助が追うと、途方に暮れた様子で路上に立ちすくんでいる。

「そのうちに夕立が来まして、お嬢さんが心配して、庭へ入れてやりました」

るいの居間の軒下で雨宿りをし、それが「かわせみ」に居候をするきっかけになった。

「豊海橋のあたりはもとより、ひょっとすると永代橋を渡って来たのかも知れないと、長助親分にも頼んで、飼い犬を失った家はないかと訊いてもらいましたが、未だに、本当の飼い主がみつかりませんので……」

東吾にしては長湯をして、るいの居間へ戻ると、もう膳の用意が出来ている。

蚊やりの煙の立ち上っている縁側から外をみると、犬は神妙に沓脱ぎのむこうにすわっていて、東吾をみるとなんともすまなさそうな顔をしている。

「若先生に吠えたんで、お嬢さんから、うんと叱られたんですよ」

酒を運んで来たお吉が笑った。

「そりゃあ仕様がねえや。人間だって初対面じゃ、相手が誰かわかるめえ」

伝法な口調で東吾は、ばたばたと団扇《うちわ》を動かした。

るいはいつの間にか着替えていた。

露芝《つゆしば》の絽《ろ》縮緬《ちりめん》にざっくりした羅《ら》の帯が涼しげである。

「こいつ、るいに惚れてついて来たそうだな」

盃を取り、早速、東吾は女たちをからかい出す。

「元の主人が、私に似ているのかも知れません。でも、ここが、元の主人の家と違うのだとは気がついているのですよ」

焼き鮎の骨を抜きながら、るいが話す。

「はじめて、ここへ来ました時、お腹がすいているようだからと、お吉が残り御飯に汁をかけて持って来ましたの。よだれが出そうになって居りますのに、頂きません。人様の所でものを食べてはいけないと躾《しつけ》をされているのかも知れないと思って、私が、かまわないからおあがりと頭をなでてやりましたら、暫く、考えるようにして居りましてね」

お吉もいった。

「なんていったって、飢え死にしそうなくらいに痩せているんです。それで、人間だって一宿一飯の恩を受けることもあるんだからっていってやったら、恥かしそうに食べはじめましたんですよ」

鉢に一杯の飯をぺろりと食べて、これも、お吉が縁の下に敷いてやった蓆《むしろ》の上に横になってねむった。

翌日は、嘉助や、長助のところの若い連中が首に縄をつけて、近所をつれて歩いたが、飼い主も名乗り出ず、

「結局、うちで飼うことになってしまったんです」

犬が喋りもすまいが、なんとなく無口な感じで、ききわけが良い。

三日目に、それまで首につないでいた布ぎれのような首輪を取りはずして、新しい紐の首輪をつけてやると、その古ぼけた首輪に顔を伏せるようにして、悲しそうな声で啼いたが、そのあとは、もう十年も「かわせみ」に飼われてでもいたかのように、落ちついて暮しているという。

「変った奴だな」

その夜は流石に疲れていて、東吾は酒も飯も早く切り上げて寝てしまった。

翌朝、東吾が起き出してみると、犬は庭の木かげでいい気持そうにねむっている。

「犬のくせに寝坊だな」

自分のことは棚に上げて笑っていると、るいが、

「あの子、ひと晩中、寝ずの番をしているんですよ」

と弁解した。

「名前はないのか」

「シロって呼んでいるんですけれど、本当の名前はそうじゃないみたいです」

真新しい犬の首輪には、小さな木の札が下っていた。

「かわせみ」の住所と飼い主として嘉助の名が書いてあるといった。

「今度、迷い子になった時、困りますでしょう」

僅かの間に、食もよく、手入れも行き届いて、犬は艶々して、如何にも幸せそうにみえる。

子供のないるいにはいい玩具だし、要心にも悪くないと思い、やがて、東吾は時刻を見はからって八丁堀の兄の屋敷へ帰った。

二

二、三日、八丁堀の道場通いをして過していると、畝源三郎が訪ねてきた。
ちょうど稽古が終ったところなので、二人揃って近所の湯屋へ行き、汗を流してから涼み方《かたがた》、深川へ足をのばして鰻《うなぎ》屋へ入った。

小名木川《おなぎがわ》や仙台堀川などの鰻は、海水と真水の入りまじった所に生息するので味がよいといわれている。

蒲焼を注文して一本つけてもらっていると、長助がやって来た。ということは、あらかじめ、源三郎と約束が出来ていたとみえる。

「どうも、さっぱり埒《らち》があきません」

のっけから長助が報告しはじめたので、東吾は黙って話を聞いていた。

「伊豆蔵屋の隠居は、自分の地所内で犬を何匹飼おうが、勝手だといいまして、それでお上からとやかくお叱りを受けるいわれはないと突っぱりまして……それに、犬が吠えてやかましいというが、本当にやかましく吠えるのは町内の野良犬で、自分の所の飼い犬はおとなしく、滅多に啼きもしないと申します」

「世話役のほうは、それでひき下ったのか」

「町内の苦情のことがありますから、弱った顔はしていましたが、理屈じゃ伊豆蔵屋の隠居に歯が立ちませんので……」

「どこの伊豆蔵屋の話だ」

長助の盃に酌をしてやりながら、東吾が口をはさんだ。

「へい、日本橋本石町三丁目の木綿問屋の伊豆蔵屋でございます」

「あそこは大店《おおだな》だな」

本石町でも老舗《しにせ》のほうで、店がまえも立派だが、その上広い地所を持っている。

「伊豆蔵屋の隠居が犬好きなのですよ」

いつもの、穏やかな調子で源三郎が話し出した。

「吉兵衛といいまして、昨年の秋に店を悴の吉之助にゆずって、楽隠居になったのですが、まあ暇をもて余して犬に芸を仕込んだのですな」

たまたま、飼っていた犬が利口者で、お手、おすわり、伏せ、ちんちんなどという犬の諸芸百般はことごとくおぼえて、それだけでも、けっこう愛敬者なのに、前脚をついて、後脚で逆立ちをするというのをやりこなすようになった。

「犬の逆立ちというのは珍しいそうで、近所の評判になり、瓦版にものりました」

世の中には暇な人間が少くないとみえて、それからというもの、伊豆蔵屋へは、飼い犬の芸自慢をしにやってくる者が増えた。

「あっしがみせてもらったのは、犬の分際で梯子に登るって奴でござんしたが、その他に木登りをする犬もいるそうでございます」

犬自慢をし合っている中はよかったが、

「伊豆蔵屋の隠居と申しますのは、なかなかの負けず嫌いで、それが商売熱心、身代を大きくするのに役立ったんでもございましょうが、犬自慢が昂じて名犬集めに夢中になりましたんで……」

珍しい芸をする犬なら、金に糸目をつけず買うというので、諸方から犬を売りに来る。

「半年足らずの中に、数十匹の犬が、伊豆蔵屋に飼われることになりまして……」

夜は広い中庭に飼っているので、啼き声のほうはそれほどでもないが、日中は地所内を走り廻っている。

塀の外へこそ出て来ないが、通行人に塀の内側からうなり声を上げたりする。

「それに、なんと申しましても、けだもののことで、それだけの数を飼って居りますと、臭《にお》いが風にのって、近所へ流れて参ります」

けもののくさい臭いが気になって食が進まなくなっただの、飼い猫が落ちつかなくなって困るだの、だんだん、近所の苦情が大きくなった。

「犬を何匹飼ったところで、地所内のことで、食べ物をきちんと与え、非道なことをしていなければ、お上におとがめを受けるというものではありません。しかし、町内には犬嫌いの者も居りましょうし、女子供が気味悪がるということもありまして、町役人《ちょうやくにん》の世話役が伊豆蔵屋へかけ合いに行ったようです」

源三郎は、その結果を長助に聞きにやらせたらしい。

「どんな犬がいるんだ」

好奇心を丸出しにして東吾が訊き、長助はぼんのくぼに手をやった。

「大きさはいろいろでございます。仔牛ほどもあるようなのも居りますし、子供が抱えられるほどのも飼われて居りまして……」

「それが、みんな芸をするのか」

「へえ、球乗りをやるのが居ります、高い柵をとび越えたり、そうかと思うと人間と似た声で返事をしたり……そういうのは、ちっとばかり気味が悪うございますが……」

蒲焼がいい匂いで運ばれて来て、三人は暫く話を中断した。

店の客は、いつの間にか減っている。

「どうも、この節、夜が長くなりました」

江戸の人間が一番、夜更《よふか》しをする夏であった。

涼みを口実に夜店や縁日をひやかして歩いたり、縁台将棋が長々と続いたりする季節であった。

鰻屋にしたところで、こんな時刻から早々と火を落すことはない筈《はず》である。

「どうも、大店など奉公人の夜遊びをうるさく申すようで、それというのも、やはり竜巻組のせいでございましょうか」

長助が遠慮がちにいった。

竜巻組というのは、この夏、江戸を荒らし廻っている盗賊に、瓦版がつけた渾名《あだな》で、盗みに入ったあとは、竜巻が通りすぎたようになにもなくなっているというのと、どうやら一味の首領が竜一《たついち》といい、仲間を竜次、竜三、竜四、竜伍などと呼んでいることから起ったといわれている。

盗賊のほうも、瓦版に書き立てられていい気になったものか、近頃は盗みに入った家に、それほどうまくもない文字で「竜巻組」などと署名をして逃げたりしている。

なんにしても、町奉行所としては頭の痛いことであった。

町々の夜警をきびしくし、夜廻りをふやしてみても、効果が上らない。

夏の夜は、更けて帰ってくる奉公人のために、くぐり戸の桟を遅くまで開けておいたりすることも、盗賊を入りやすくしているようであった。

「伊豆蔵屋の隠居が、世話役に申したそうでございます。こういう物騒な御時世だからこそ、犬を飼うのだと……」

長助が眉をしかめ、東吾が笑った。

「そういえば、かわせみも犬を飼ったぞ。迷い犬だそうだが……」

「あの犬は、よく食って、よく寝ていますさあ。いつ、行っても、木の下で長々と横になっているんですから……」

その犬の飼い主を探して本所深川をひっぱり廻したという長助が、再び、ぼんのくぼを搔いた。

三日が過ぎた。

深川の長助が遠慮そうに、八丁堀の組屋敷の中にある神林通之進の家の裏口に顔を出した時、東吾は兄嫁の香苗と蔵の虫干しの手伝いをしていた。

「どうした、長助親分」

気軽く声をかけられて、長助が用件をいい渋っていると、東吾は女中にいいつけて、冷たい麦湯を長助に運ばせて、自分は奥へ行って香苗にことわりをいって出て来た。

「待たせたな。出かけようか」

うながされて、長助が慌てた。

「よろしいんで……」

「虫干しのことなら心配はいらない。人手は充分、あるんだ」

たしかに、使用人の数は決して少くない神林家であった。東吾が手伝っていたのは、ひまつぶしのようなものである。

裏門を出て、東吾が後からついて来た長助にいった。

「本石町の伊豆蔵屋か」

「どうして、それを……」

神林家へ来たのは、長助の一存だったし、長助自身、まだなにも話していない。

「今朝、兄上が出仕の前に、竜巻組の話をして居られた」

二日続けて、内神田の大店が襲われている。

「源さんは、おそらく昨夜も八丁堀へは帰っていまい」

もし、そっちの捕物のことで長助が使に来たのなら、

「俺の顔をみた時の表情が違う筈だ」

どこか屈託した長助の様子は、困ってはいるが、それほどせっぱつまったものではなかった。

「とすると、この前、話をきいた犬の一件かと、見当をつけたんだが……」

「おっしゃる通りで……」

少し後へ下って肩を並べながら、長助はいそいそと話し出した。

「畝の旦那のお耳に入れるまでもねえことなんですが、といって話を持ち込まれて知らん顔も出来ねえ。弱った末に、若先生のお智恵をお借り申してえとやって来ました」

「伊豆蔵屋の犬が、なにかやらかしたのか」

「猫を噛み殺しちまったんでさあ」

日本橋川を渡って室町の大通りを歩きながら、長助が情ない声を出した。

「飼い猫か」

「へえ、この先の十軒店《じっけんだな》町の雛人形屋で、近江屋と申します家の隠居のかわいがっていた猫でして……」

「こっちも隠居か」

「へえ、ですが、近江屋のほうは女隠居でございます」

「女はうるさいな」

「実は近江屋の隠居の孫娘が紀州様の奥仕えをして居りますんで……」

「親分としては、よけい、やりにくいか」

「おそれ入ります」

この界隈を縄張りにしている岡っ引の稲荷の平六というのは長助の昵懇《じっこん》だが、神経痛を患っていて、動きがとれない。それで、長助が助っ人に、深川からのり出して来ているという按配であった。

「通り道だ。婆さんのほうから、話をきいて行こうか」

東吾がいって、長助は近江屋の住いにしているほうの通用口から、東吾を案内した。

中庭があって、そのむこうに隠居の住いが別棟になっている。

出て来た女中は長助の顔見知りらしく、すぐに隠居のおはまを呼んで来た。

「これは親分様、度々、ありがとう存じます」

五十なかばだろうか、近江屋の女隠居は品のいい上布に麻の帯で、東吾をみると早速、居間へ通した。

立派な仏壇の扉が開いていて、真新しい白木の位牌に「愛猫玉之霊」と書いてある。

その前に供物が飾られ、線香が煙を上げていた。

「このようなことで、お上にお手数をおかけ申し、まことに申しわけもございません」

座布団をすすめて、おはまはてっきり、東吾を八丁堀の役人と思い込んでいるようだ。

毎度のことなので、東吾のほうも悪びれない。

「伊豆蔵屋の犬に、飼い猫を嚙み殺されたそうだが……」

水をむけると、おはまは忽《たちま》ち目を赤くした。

「あんまりじゃございませんか。それは、畜生同士のことでございますから、どのような不慮の災難がありましても致し方ございませんが、そっちが勝手に入り込んで来て噛みつかれたのだから仕方があるまい。死体が欲しければひき取って行けとは、近所に住む者のいうことではございませんよ」

東吾は苦笑を嚙み殺した。

「すると、この方の猫が伊豆蔵屋へ遊びにでも行ったのか」

「いいえ、猫だとて馬鹿ではございません、何匹も犬のいる家へなぞ普通ならば出入りをする筈がございませんのです。でも、見馴れぬ犬が何匹も逆立ちをしたり、木に登ったりしていれば、猫のほうでも不思議に思い、ちょっとはのぞいてみたくなるものではございませんか」

近江屋の飼い猫は、好奇心が強かったのかも知れない。

おかしな吠え声や、木立の枝によじのぼっている犬の様子に誘われて、つい、伊豆蔵屋の塀の上に顔を出したのが運の尽きで、あっという間に、下からとび上った犬に叩き落されて、犬たちの嬲《なぶ》りものにされた。

「あとで御近所の方が教えてくれましたが、うちの玉が、世にも悲しい声で啼くのが、外まで聞えたとか……」

知らせを受けて、近江屋の者がかけつけて行った時、犬は伊豆蔵屋の店の者達が中庭に追い込んで、猫を救い出したところであった。

「それはもう、むごたらしい有様で、お医者にもみて頂きましたが、手当のしようもないと申されました」

そこへ、近江屋の主人、勝之助がやって来た。おはまの息子である。

「どうも、犬猫のことで、おさわがせ致しまして……」

母親よりも恐縮して頭を下げた。

「なんと申しましても、畜生のことでございます。ですが、おっ母さんは、玉を、それはそれは可愛がって居りました。と申しますのは、紀州様奥勤めをして居ります孫娘が、御奉公申し上げているお局《つぼね》様より頂いて参りました猫で……おっ母さんにとっては、孫娘のかわりのようなものでございましたので……」

それに、伊豆蔵屋の犬どもについては、それ以前からこのあたりの町内で問題になっている。

「たとえば、火事などがあった場合、あんな大きな犬が町内にとび出して来て、なにをするか、危なくって仕方がございません」

犬の吠え声にもなやまされているし、近所迷惑この上もないと近江屋はいった。

「どうしても沢山の犬を飼うというのなら、このような町内ではなく、もっと田舎のほうへ行って頂きたいものでございます」

近江屋としては、死んだ猫のことはあきらめるから、その代りに伊豆蔵屋もこの際、犬の始末をしてもらいたいというのが言い分で、それには近所もかなり加勢している様子であった。

近江屋を出て、ほんの百歩ばかりで本石町の伊豆蔵屋に着いた。

成程、猫がちょいと散歩に来そうな距離である。

「お出でなさいまし」

出迎えたのは、主人の吉之助で、これも近江屋の勝之助同様、心痛の色が濃い。

「どうも、とんだことになりまして……」

隠居の父親が犬を集め出した時から、何度か意見をしたといった。

「いくら、地所が広いと申しましても、町中《まちなか》でございます、御近所の迷惑になるのは知れて居ります」

父親は、息子の意見をきかなかった。

息子のほうも、それ以上いいかねた。

「おっ母さんがなくなりましてから、親父はひどく老け込みまして……陰気になりました。食も進みませず、町内の皆さんから花見のおさそいがあっても、お断りをするといったふうでございまして、手前も家内も途方に暮れて居りました」

その父親が、犬を可愛がり出した。

犬に芸を仕込むのに夢中になって、暗かった表情がいきいきとして来た。漸《ようや》く、父親が生きるたのしみを見つけたと思って、家族はほっとし、少々の厄介は我慢しようということになった。

何十四もの犬の食事、犬小屋の始末、近所からの苦情も、なんとか目をつぶって父親の好きにさせてやりたいとも思った。

「それが、とうとう、このようなことになりまして……」

一応、神妙な伊豆蔵屋主人も、近江屋に関しては、いい感情を持っていなかった。

「あそこの猫は気が強くて、猫のほうから、ちょっかいを出すのでございます。手前共の犬で、あの猫に目をひっかかれて、危うく盲になるところだったのが居ります。猫の爪は、御承知のように毒を持って居りまして、並みの犬ではかないません」

つまり、近江屋の猫が気が強く、始終、犬たちに喧嘩をふっかけていたのが、たまたま塀から落ちて犬たちに復讐されたのだという。

「それで、お前たちは一匹の猫が沢山の犬にやられるのを眺めていたのか」

「とんでもない。親父も手前も、夢中になって犬を叱り、追い払いましたが、その時はもうどうしようもない有様で……なんと申しましても、犬と猫のことでございます、それを近江屋さんは、紀州様のお名前まで持ち出して来て、手前共を脅すのでございますから、これでは、親父がかわいそうでございます」

犬は、いずれ、日暮里のほうにでも土地をみつけて、別宅を建て、そっちへ移すつもりだが、

「急にといわれましても、無理難題でございます」

隠居の吉兵衛は事件以来、気分がすぐれないといって寝込んでいるといい、東吾は犬たちのいる中庭をみせてもらったが、二十四以上はいると思われる、大小さまざまの犬もみんな、しょんぼりとして、それぞれにうずくまっている。

「伊豆蔵屋は、犬を他所に移すといっているのだ。隠居も具合が悪そうだし、吉之助の言葉を信じて、もう少し、待ってやるがいい」

町内の世話役にそういって、東吾は八丁堀へ帰った。

三

東吾が出て行って、表向きはおさまったようにみえた伊豆蔵屋と近江屋の間柄は、日が経つにつれて、いよいよ険悪になった。

僅かなことを、奉公人同士がいがみ合い、出入りの職人や植木屋までが、両家の側に分れて喧嘩をひき起した。

近江屋の小僧が水まきをしていたのが、通りかかった伊豆蔵屋の大八車にかかったというのでとっ組み合いになったり、伊豆蔵屋の塀に、猫殺し、殺人犬などと落書がしてあったのを、近江屋の仕業だと、どなり込みに行ったりして、その都度、町役人が仲裁に入ったりしたが、ごたごたはおさまらなかった。

九月になって大風の吹いた夜に、伊豆蔵屋へ盗賊が押し入った。

まだ起きていた吉之助夫婦や奉公人を残らず縛り上げ、物音に驚いて起きて来た吉兵衛に刀を突きつけて、金蔵を開けさせ、千両に近い金を盗んで逃げた。

あとでわかったことだが、その盗賊は伊豆蔵屋の帰りに近江屋へも入った。風でかけ金のはずれた裏口から入って隠居所のおはまを脅して、店の仕入れ金の八百両余りを盗んでいる。

おはま以外の家の者は、寝しずまっていて、盗賊が去るまで、誰も気がつかなかった。とり残されたおはまにしても、恐怖の余り、暫くは口がきけず、漸《ようや》く、息子夫婦の部屋へたどりついた時には、賊は遠くへ逃げていた。

「なんと申したらいいんですか、とにかく、伊豆蔵屋の犬は、うんともすんとも吠えなかったらしいんで……」

事件の翌日、「かわせみ」へ来た長助が、るいや嘉助に話した。

「中庭にいたってこともあるんでしょうが、それにしても、何十四もの犬が、盗っ人の入ったのにも気がつかねえで、ぼんやりしていたってんで、吉兵衛旦那がえらく腹を立てなすって、一匹残らず、ひき取り先をみつけてお払い箱にするってんです」

芸は出来ても、賊に吠えることを忘れた犬たちは、新しい飼い主が決まるまで、居心地の悪い思いをして、伊豆蔵屋の厄介になっているらしい。

「だけど、どうしてまあ犬が吠えなかったんですかねえ」

お吉が不思議そうにいい、長助が笑った。

「犬のことにくわしい人の話だと、あんまり芸を仕込みすぎると、犬本来の吠えるってことを忘れちまうんじゃねえかというんですが……」

そうでなくとも、伊豆蔵屋の犬たちは近所に気がねして、吠えたり、啼いたりすると叱責されていた。

「伊豆蔵屋さんと近江屋さんへ入った賊は、竜巻組なんですか」

お吉が訊き、長助がうなずいた。

「畝の旦那のお話ですと、これまでと手口が同じですし、伊豆蔵屋の塀には、竜巻組と書いてあったそうですから……」

一晩に、千両、八百両と奪われて、今度も町方はなんの手がかりもなかった。

瓦版は、竜巻組を怖れて、犬も吠えなかったと、賊の跳梁《ちょうりょう》ぶりを喝采するような書き方をしている。

それというのも、伊豆蔵屋で約千両、近江屋で約八百両と、あまりな大金が盗まれたことで、その日暮しの者には、あるところには金があるものだという印象が強かったこともある。

「大きな声じゃいえませんが、この節、不作続きで、在郷のほうから江戸に出稼ぎに来る連中は、職にありつくだけでも大変で、僅かな手間賃で食うや食わずの暮しをしています。そういう手合が、竜巻組を真似て金持の家を襲わないとも限りません。畝の旦那も、そういうことをおっしゃっておいででしたから……」

庶民の生活は平穏なようで、その底に物騒な気配がないわけではない。

「若先生もこのところ、畝の旦那と一緒に夜廻りをなすっていらっしゃいますので……」

そのことを知らせるために、「かわせみ」へやって来た長助であった。

毎夜、そんな具合では当分、ここへは来られないかも知れないと思い、るいは尾花が穂をのばしはじめた大川沿いの土手を眺めた。

今月は月のなかばに狸穴の方月館へ十日ばかり出稽古に行く東吾であった。

竜巻組が捕まらないと、その日まで東吾に会うこともなく、長い留守の寂しさに耐えなければならない。

長助が帰ったあとで、るいは庭へ出た。

すぐに白い犬がとんで来て、尻尾を振る。

「今月のお月見は、シロとすることになるかも知れないよ」

るいに頭をなでられて、犬は如何にも照れくさそうであった。

その夜、月はまだ細かった。

東吾は源三郎と北神田を廻っていた。

竜巻組の厄介なところは、押し込む時間がまちまちなことであった。

宵の早い中に盗みに入るかと思うと、夜明け近くに襲う。

「そう遠くに、ねぐらがあるとは思えないな」

東吾がいった。

「これだけ、夜廻りの数がふえているのに、誰も奴らをみとがめた者がいない」

盗みを働いて、ひき上げる時に人目につかないのは、彼らのかくれ家が神田から浜町、両国あたりまでの、どこかではないかと東吾は考えていた。

「盗みに入る前は、何人かに分れて目立たないように、こうと決めた家へ集ってくる。が、金を盗んだあとは、そううまくちりぢりにはなりにくいだろう」

千両からの大金を一人では運べなかった。

大八車に乗せて行くか、何人かで手分けしてかつぐか。

「しかし、これというところは洗いざらい、調べています」

空き寺、空き家から、材木置き場のようなところ、柳原の掘立小屋まで、町方が目を光らせている。

「以前、舟を使って動き廻る盗賊がありましたので、今度も川筋を改めていますが、どうも思わしくありません」

源三郎の足が重かった。

このところ、昼も夜もである。

「気持はわかるが、たまには八丁堀へ帰れよ。奥方だって、待ちかねているだろう」

柄にもなく、東吾がいいかけた時、どこかで、呼び笛が鳴った。

「源さん……」

「浅草御門の方角です」

地を蹴って、夜の中を走り出した。

辻の番屋から番太郎がとび出して来た。

馬喰町の路地から、人が叫んでいる。

襲われたのは、大倉屋という質屋であった。

すでに町役人が、かけつけて来ている。

「賊は四、五人のようです。一人に手傷を負わせました」

若い定廻り同心であった。抜刀している。お手先が二人、ついていた。

ここまで、賊を追って来て、見失ったという。

暗い柳原の土手であった。

昼間は葦簀《よしず》張りの出店が並ぶが、夕方になると店を閉めて帰ってしまうから、夜は全く無人であった。

せいぜい、客を待つ夜鷹が、木かげにちらほらするくらいのものである。

お手先が、夜鷹をつかまえて、誰かこっちへ来なかったかと訊いている。

なにも見なかったというのが、女たちの返事であった。

「とにかく、分れましょう」

源三郎がいい、東吾と二人は横手の道へ入って行った。

どの家も暗く、寝静まっている。

その裏道を抜けると、袋小路であった。ごそごそと人が動いている。

近づいてみると、湯屋の裏であった。若い男が薪を積んでいる。そのむこうの窓からは湯気が出ているが、人の気配はなかった。

「こっちに人が来なかったか」

東吾が訊くと、男はかぶりをふった。もう、火を落すらしい。

表へ廻った。小さな湯屋である。軒下に大八車がたてかけてあった。

番台は灯が消えていた。客はもう、いないようである。

通りすぎようとした時、源三郎が東吾の袖をひいた。

ちゃりんと小判の落ちた音がした。

長年の捕物の勘である。無言で源三郎が湯屋の入口からふみ込んだ。東吾も源三郎も提灯を下げている。

暗い板の間から、わっと男たちが立ち上った。たて続けに小判の落ちる音がする。

「御用だ、神妙にしろ」

源三郎が十手で男を叩き伏せ、東吾はその間に、掛け行燈に灯をつけた。逃げ出そうとしている奴を、手近にあった心張棒でなぐりつける。

捕物は瞬時であった。

源三郎が呼び笛を吹いて、近くにいた町方がかけつけて来る。

竜巻組のかくれ家は柳原土手に近い、小さな湯屋だったと、瓦版の記事が出て、人々は仰天した。

そういえば、あまりはやらない湯屋で、いつも陰気だったと近所の者が、したり顔でいう。

「あらかじめ大八車に薪を積んだのを仲間が近くまでもって来て、待っていたんだ。薪の下に盗んだ金をかくして、ばらばらに逃げる。湯屋の若い衆が、薪を大八車に積んで走って行っても、誰も不思議には思わないからな」

竜巻組の取り調べが終った夜に、東吾は「かわせみ」へやって来た。

「湯屋が盗っ人のたまり場というのは、きいたことがございません」

長いこと、町方のお手先をつとめた嘉助がびっくりしている。

「大体、湯屋というのは二階が近所の若い衆のたまり場だろう」

風呂から上って将棋をさす者、世間話をする者で、ひとしきり賑わうのだが、

「奴らは、そういう連中の話の中から、金のありそうな大店に目星をつけていたんだ」

うまく聞き出せば、その店の集金日や支払日もわかる。

「もともと、さびれて潰れかけた湯屋を買って、竜一と竜次というのが仲間を集め、盗っ人稼業をはじめたわけだ」

竜一というのは、前科のあるしたたか者で、仲間の何人かは入牢中に知り合った連中であった。

「竜一は、以前、捕まった時、盗んでから、かくれ家へ戻る途中、尋問されて正体がばれたそうだ。それで、今度は近くにかくれ家をおいてもみつからない方法を思いついた

んだ」

「伊豆蔵屋さんと近江屋さんをねらったのは、やはり、犬と猫の件で世間の評判になっていたからでしょうか」

と、お吉。

「源さんが奴らの一人から訊いたそうだが、ああやって、一軒の家の中に揉め事があると不要心になる。そういう家は盗みに入って仕事がしやすいんだとさ」

家中の者の気持が一つのことにこだわっていて、いつか平常心を失っている。迂闊に戸締りを忘れたり、大金が蔵に入っているのに、警戒を怠ったりするということらしい。

「ところで、伊豆蔵屋の犬はみんなお払い箱になっちまいそうだが、ここの家の拾い犬は元気か」

東吾に訊かれて、るいがシロ、シロと呼んだ。

白い犬は、庭のむこうから大いそぎで走って来たが、るいの隣に東吾の姿をみると、間が悪そうに足を止め、そこにすわり込んだ。

「お前なあ、俺の留守におかしな奴が忍び込んだら、かまわねえから、土手っ腹へかみついて、御主人様をお守り申し上げるんだぞ」

東吾がおどけていい、るいが明るい笑い声を立てた。

夜の空にかかった月は、まだ上弦である。

そして、風は漸《ようや》くの秋であった。

虫《むし》の音《ね》

一

御殿山の有馬家を出たのが、もう夜であった。

品川の海を真下にみる御殿山は桜の名所として知られているが、その近くに隠居所を持つ有馬徳庵は、狸穴の方月館の主、松浦方斎とは竹馬の友で、平生からおたがいに往き来をし、健在を確かめ合っていたのだが、この夏のなかばに、徳庵の老妻が急死して、今日はその四十九日の法要であった。

方月館の代稽古をしている神林東吾は、無論、有馬徳庵とは顔なじみだし、方斎の使で御殿山の有馬家を訪ねたこともあって、殁《みまか》った徳庵の妻とも面識がある。

で、その通夜や葬式にも方斎と共に参列したし、今日の法事も、方斎の供をして来た。

格別の愛妻家ともみえなかった徳庵だったが、長年、連れ添った女房に先立たれてみると、その傷手《いたで》は日が経つほど深くなるらしく、読経の際にも、しきりに目頭に手をあてていたが、法要もすみ、供養の膳が出て、やがて夜ともなると、寂しさがつのり出したものか、方斎に泊っていってくれとせがみ出した。

客が一人去り、二人去って、位牌と二人きりになるのがやり切れなくなったらしい。

徳庵には子供がなかった。

で、方斎は御殿山に泊ることになったが、東吾のほうは、明日も早朝から門弟達がやってくる。

「手前は、これにてお暇《いとま》を致します。明日、善助をお迎えによこしますので……」

方斎と徳庵に挨拶をして、提灯の仕度をし、足ごしらえをして外へ出ると、空には半月が浮んでいた。

袖ヶ浦と呼ばれている海沿いの道を、高輪に出て、やがて左に泉岳寺を過ぎる。

海からの風は、もう秋で、東吾はなんとなく、大川端の「かわせみ」の庭に咲いている桔梗《ききよう》を思った。

方月館の稽古はあと五日、それが終らねば大川端へは戻れない。

車町から三田の通りへ出て、両側は寺と武家屋敷、少々の商家はとっくに大戸を下している。

汐見坂から寺町へ出た。まっすぐに行くと綱坂である。

坂のむこうから女が下りて来た。

東吾が足を止めたのは、女が提灯も持たず、旅仕度でもなかったからである。夜のことで、着ているものの色目もわからないが、ごく普通の身なりで、ふらりと外へ出たという恰好である。

深更であった。

坂のまわりは、島津淡路守の上屋敷をはじめとして、松平肥後守、松平隠岐守の下屋敷といった具合に大名屋敷ばかりであった。

深夜に女が徘徊《はいかい》する場所ではない。

女のほうも、立ち止まった。不安そうにこっちをみている。

双方で睨み合っていてもはじまらないので、東吾のほうが歩き出した。

月光はあるし、提灯を下げている。女のほうからは、東吾の様子がみえる筈《はず》であった。

近づいて、東吾も相手を眺めた。

まだ、若い。十七、八の小娘のようであった。

「あの……」

娘の横まで来た時、思い切ったような声が聞えた。

「不躾《ぶしつけ》でございますが……どちらへお帰りでございましょうか」

「狸穴の方月館へ参るのだが……」

「申しわけございません、お近くまでお供をさせて頂けませんか」

驚いて、東吾は娘へ提灯を向けた。

どぎまぎした表情が、その割には落ちついている。

「そこもとは、どちらへ行かれる」

「六本木でございます」

すると、道を間違えたのかと思った。

娘島田に、帯をやや胸高《むなだか》に締めているのをみると、武家娘のようでもある。

「よろしい。お送り致そう」

東吾が歩き出すと、娘は安心したようについて来る。

まるで戻り橋ではないかと、東吾は苦笑した。

場所も、ちょうど綱坂である。

綱坂は別名を渡辺坂ともいった。

源頼光の四天王の一人、渡辺綱がこの近くで生れたということから名付けられた地名でもある。

渡辺綱は戻り橋で、扇折りの娘と称する美女に出会い、同行する中に女は本性を現わして鬼になる。鬼は綱の首を摑んで天空にひき上げようとするが、綱は鬼の腕を斬り払って危機を免れるという物語が、人口に膾炙《かいしゃ》していた。

綱坂を登り切って、有馬中務大輔の上屋敷について行くと、中の橋に出る。

狸穴の方月館へ行くには、中の橋を渡って麻布十番を抜けるのが早道だが、娘は六本木へ行くという。

で、東吾は川沿いに一の橋ぎわへ出て飯倉新町から宮下町へ出た。この道は六本木まで一筋で、両側には南日ヶ窪町、北日ヶ窪町と町屋が続く。すでに真夜中近くで、店を開けているのは一軒もないが、寺や大名屋敷の間を行くよりも、娘にとっては心強いと思ったからである。

「方月館へお帰りなさいますには、こちらでは遠廻りでございましょう」

宮下町へ入った時に、娘が訊いたので、東吾は初めてふりむいた。

「お手前は六本木へ行かれるのであろう。まさか、この深夜、若い娘を一人歩きさせるわけには行くまい」

「申しわけございません」

娘は身をちぢめるようにしたが、正直に嬉しそうな顔をした。

方月館では、さぞ、おとせや善助が心配しているだろうと東吾は歩きながら考えていた。

品川の御殿山から狸穴まで、東吾の足ではなんということもないが、途中、女連れとなってからは、道のはかどらないことおびただしい。

月は中天にかかり、星は砂子を散らしたようにきらめいている。

これが道行なら、なかなかの風情だが、どこの誰ともわからぬ女を送って行くのは、気骨の折れることであった。

それにしても、この娘は男を道連れにしてまるで怖れを感じないのかと思った。

東吾に好き心がないからいいようなものの、悪い了見を起されたら、到底、逃げ切れまい。

俺もみくびられたものだな。

声には出さず、内心で東吾は軽く舌打ちした。娘の目からは、東吾が爺にでもみえるのかと忌々《いまいま》しい。

北日ヶ窪を過ぎると野原であった。六本木町は、原のむこうである。

「鈴虫が……鈴虫が啼《な》いて居ります」

娘が不意にいった。

「ほら、聞えますでしょう。あれは、鈴虫の声です」

東吾は、あっけにとられた。

たしかに耳をすますと、なにやら虫の声が聞えてくる。

「鈴を振ったように、りんりんと聞えます。まあ、なんといういい音色……」

道端に、しゃがみ込んでしまった娘に、東吾は当惑した。

正直の所、一刻も早く方月館へ帰りたいと思っている。早朝に狸穴を発って、御殿山で法要に参列し、日帰りで夜道を帰るのであった。疲れたというほどのことはないが、この厄介なお荷物を早く送り届けたいのに、娘は虫の音に聞き惚れている。

「鈴虫だか、松虫だか知らんが、六本木はすぐそこだ」

東吾が歩き出して、ふとみると、娘は漸く立ち上ったものの、足をひきずるようにしている。

　歩き疲れて、もう一足も歩けなくなっていたのだと、東吾は気がついた。虫の音にことよせて、しゃがみ込んでしまった娘の気持がわかって、いささか不愍《ふびん》でもある。

　六本木はどのあたりへ行くのか、と訊いてみようかと思ったが、それも無用に思われた。

　けっこう長道中を一緒に歩きながら、名もいわず、夜道を歩いてきた理由も語らない。つまりは、人にいえないない子細でもあるのだろうから、よけいなことは訊ねないほうがよいのだ。

　芋洗坂まで来た時、娘が声をかけて来た。

「御厄介をおかけ致しました。この先でございますので……ごめん下さいまし」

　丁寧にお辞儀をして、坂の途中の道を折れて行く。足をひきずるようにして急いで行く娘の後姿を暫《しばら》く見送って、東吾は六本木の通りに出た。

　狸穴の方月館は、台所の窓に灯が洩れていた。

　提灯の火を消して、戸口へ近づくと、

「若先生でございますか」

　おとせの声がした。

「只今、戻った、遅くなってすまぬ」

「お帰り遊ばしませ」

いそいそとおとせが戸を開ける。

土間のむこうの板の間で、今まで針仕事をしていたのだろう、行燈の傍に針箱と、縫い直しらしい仕立物がおいてある。

「老先生は、徳庵どのが寂しがるので、御殿山へ泊られたんだ」

足ごしらえを解きながら、東吾がいった。

「おそらく、そのようになろうかと、善助さんと話して居りました。でも、若先生は明日のお稽古がおありだから、どんなに遅くてもお帰りになると存じまして……」

「善助は、どうした」

「今しがたまで、お帰りをお待ちしていましたが、ひょっとすると、明日、御殿山へ老先生のお迎えに行かねばならないかと存じまして、寝《やす》んでもらいました」

「それは、よかった」

すぐ突き当りの部屋に眠っている正吉の顔をのぞいていると、おとせが、湯加減をみて来た。

「おとせも、やすんでくれ。あとは、俺が勝手にする」

一日の汗を流して、床についた東吾は道づれになった娘のことを、もう忘れていた。

二

翌日、東吾は疲れたふうもなく、明け六ツ（午前六時）から道場へ出て、門弟達に稽古をつけていた。

方月館に来る弟子の多くは、麻布界隈に住む旗本や御家人の子弟であった。

六本木から竜土町にかけては御書院番組屋敷、大御番組屋敷、御先手組屋敷などがあって、寛政以来の文武奨励の気運から子を持つ親は、早くから我が子に道場通いをさせ、学問の師につかせるのが常識のようになっている。

正午になって、午前中の稽古が一段落した時、面《めん》をはずしている東吾のところへ、一人の青年がやって来た。青年といっても、まだ十六歳、面立《おもだち》はどこか子供子供している。内藤長太郎といって、父親は御書院番組頭。方月館へは、三年前に弟子入りした。

「本日はありがとうございました」

まだ汗の流れている顔で礼儀正しく手を突いてから、やや声を低くした。

「まことに申しかねますが、手前の姉が、先生にお礼を申し上げに参って居ります。お会い下さいませんか」

「なんだと……」

道具を片づけながら、東吾は相手をみた。

「俺は、お前の姉さんに礼をいわれるようなおぼえはないが……」

「姉にはあるのです」

「知らんぞ」

「姉は先生を存じ上げています」

木刀を壁に掛けながら、東吾は格子窓から外を見た。

井戸端に若い女がいて、正吉に虫籠のようなものを渡してなにかいっている。それで思い出した。

御書院番組屋敷は六本木にある。

「お前の姉さんはいくつだ」

「十八です」

「名は……」

「お鈴といいます」

「成程、それで鈴虫か」

独り言をいって、東吾は道場から庭へ下りた。

正吉が東吾をみかけてとんで来る。

「若先生、あのお姉さんが、これをくれたんだ」

虫籠には、おそらく鈴虫だろう、何匹かがうごめいている。

「おっ母さんにみせてくる」

正吉が母屋のほうへ走り去って、東吾は娘をみた。

娘が頭を下げる。

昨夜は暗くてよくわからなかったが、目鼻立ちのととのった愛らしい娘である。

「あんた、内藤長太郎の姉さんか」

自分の門弟の姉とわかって、東吾は気軽く話しかけた。

「昨夜、俺を、方月館の神林と知っていたんだな」

娘が大きくうなずいた。

「綱坂でお目にかかった時は、夢ではないかと存じました」

「俺は、あんたを知らなかった」

「私どもは、よく存じ上げて居ります」

立ち話も出来ないと思い、東吾は娘を母屋のほうへ案内した。

方月館は高台にあるので、母屋の縁側に腰をおろすと、一面の田圃に稲がぼつぼつ黄色くなっているのが見渡せる。

「私、若先生に御相談申し上げたいことがあって参りました」

改めて名を名乗り、挨拶をした上でお鈴がいい出した。

「弟も、若先生にきいて頂いたらと申しまして……」

「買いかぶられると困る。俺は方月館の代稽古で、金も力もない男だ」

仮にも御書院番組頭の娘ならば、他にもっと適当な相談相手がありそうなといいたかったのだが、お鈴は東吾の気持にかまわず続けた。

「昨夜、私、家出を致しまして、大崎村の乳母の所へ参る途中でした」

「家出とは穏やかではないな」

刺子《さしこ》の稽古着が汗を吸い取って、その上を吹きすぎる風が快い。

「でも、仕方がなかったのです。どうしても気に染まぬ縁談を強いられて……でも、大崎村まで行っても乳母に迷惑をかけるだけだと気がつきまして……」

行くに行かれず、帰るに帰られず立ち迷っていたのが、綱坂だったという。

「かっとして家を出ましたので、最初は怖いとも思いませんでしたが、帰ろうと思ったら、急に怖しくなって……」

東吾に出会って、神か仏かと思ったという。

「そりゃあ、いいところに通り合せたものだが……」

方月館の神林というだけで、信用されたのが照れくさくもある。

「俺は、この辺では、そんなに評判がいいのかな」

「弟が、いつも申して居ります。この界隈の若い女で、神林先生に夢中でない子は一人もいないと……」

「調子がよすぎるぞ」

おとせが、茶を運んで来た。虫籠の礼を述べ、なんとなく東吾とお鈴を気にしながら去った。

「縁談が気に入らないなら、正直に両親に話してみたらどうなのだ。親はよかれと思ってその縁組を決めたのだろう。どこがいやなのか、父母に話せば、わからぬ親でもなかろうが……」

縁談を嫌って家出をするというのは、よくある話だと、東吾はあまりぱっとしない顔

でいってみたのだが、

「ものわかりの悪い親ではございません。けれども、母は、ことが岡本家となると、まるで、わからず屋になってしまいます」

「岡本家とは……」

「大御番組頭の岡本玄治郎様でございます。そちらへ、母の姉が嫁《かた》づいて居りまして、私共と同じように、二人の子が居ります」

姉がお篠といい、弟が富之助、二十歳と十八歳だといった。

「岡本家は材木町で、屋敷も近うございますし、子供の年齢も似たりよったりでございます。それで、母と伯母は姉妹なのに、なにかにつけて張り合いまして……」

岡本家の長男、富之助と、内藤家の長男、長太郎とは、三年前に揃って湯島聖堂の素読吟味に受験して、どちらも合格した。

「その時の最優秀は岡本富之助さんで、お上から御褒美を頂きました。私の弟の長太郎は三番だったときいて居ります」

「いいではないか、一番だろうと三番だろうと、合格したのだ」

「私もそう思います。でも、母は違います。岡本家にだけは負けたくない。自分の姉の子が一番で、自分の悴が三番というのは、母には耐えられないのでございます」

伯母も伯母だと、お鈴はいった。

「富之助さんが頂いた御褒美をわざわざ私共へ持参なさって、自慢話を半日も、ああだこうだとおっしゃって、あげくに母にむかって、あなたのお子では、こうは参らぬでしょうなどと申しました。母が泣いて口惜しがるのも無理ではございません」

「困ったものだな」

親類同士が子供の出来不出来で張り合うというのは、東吾も知らないではないが、岡本家と内藤家の場合は、度を越している。

「一年前に、お篠さんは器量のぞみで、御先手組頭の阿部健次郎様へお輿《こし》入れなさいました。それで、母は私をそれ以上の身分の所へ嫁入りさせたいと申しまして……それが、今度の縁談でございます」

「成程な」

流石に、お鈴は縁談の相手の名をいわなかったが、そうした張り合いの気持で決めた相手ならば、お鈴が嫌うのは当然のような気もする。

「ところで、お前は好きな男がいるのか」

東吾に訊かれて、お鈴は赤くなった。

「ございません。好きな人がいたら、大崎村の乳母をたよるまでもございません。そのお人とかけおちをしても添いとげます」

「お前、相当、気が強いな」

つい、破顔して、東吾はいった。

「俺には手に余る話だが、松浦先生はたしか御書院番組に、知人が居られた筈だ。俺から松浦先生に話してみよう」

そうとでもいわないことには、娘は腰を上げそうもない。

お鈴を帰らせてから、東吾はおとせの給仕で午飯《ひるめし》の蕎麦を食い、午後からは、又、道場で竹刀の音を響かせた。

善助が御殿山まで迎えに行って、松浦方斎は日の暮れ方に狸穴へ戻って来た。

一風呂浴びて、おとせの用意した膳で、僅かばかりの酒を楽しむ。

その席で、東吾は昨夜、綱坂で内藤長太郎の姉、お鈴と出会ったことから話し出した。

方斎は内藤家と岡本家の確執《かくしつ》を知っていた。

「御書院番組でも大御番組でも、評判になっているそうじゃよ。姉妹なのに仲が悪い。いや、姉妹なればこそ張り合うのかも知れぬが、さて、子供はたまるまいな」

お鈴という娘の縁談のことは知らないが、岡本富之助と内藤長太郎は、どちらも来年三月、やはり湯島聖堂で行われる学問吟味の試験を受けるに違いないといった。

彼らが前に受けた素読吟味が十五歳以下の者を対象とした学業の試験であるのに対して、学問吟味は三年に一回、催される、いわば高等文官試験のようなものであった。

これに合格するのは、素読吟味に合格するより遥かに困難だが、合格すれば番入昇進の道が開けるといい、なにより出世の早道でもあった。

方斎の話では、岡本富之助と内藤長太郎がそれに応じるという。

「岡本富之助様というのは、かなりな秀才のようでございますね」

酒を運んで来た善助がいった。

「麻布界隈では評判のようで……」

富之助の母親が、出入りの商人にまで我が子の才能を吹聴しているらしい。

「親馬鹿と笑ってすませられるほどならよいのだが……」

方斎が苦笑し、東吾に訊ねた。

「内藤長太郎は、たしか方月館の門弟であったな。稽古には来ているのか」

「はい、毎日、顔をみせて居ります」

「富之助と張り合って、応試するつもりなら道場通いの時間も惜しかろうが……」

学問吟味は論語はもとより四書五経を読破しなければ合格は難しいといわれている。十六歳の若者がそれを受けるとなれば、朝から晩まで机にしがみついていても間に合わないのではないかと思われた。

「あいつの様子からは、来年学問吟味を受けるとは思えませんでした。稽古熱心でへとへとになるまで道場でがんばって居ります」

大きな試験を半年先にひかえて、神経がびりびりしているようではない。

「長太郎は十六歳ですから、次の学問吟味に応試するつもりかも知れません」

その夜の方月館の話は、それまでであった。

更けてから床についた東吾の耳に、鈴を振るような虫の音が明け方まで続いていた。

三

あと二日で、方月館の稽古が終るという日に、東吾が六本木の植木屋甚七宅へ出かけたのは、彼が鈴虫を飼育していると聞いたためである。

大川端の「かわせみ」へ何匹か、持って行ってやったら、るいがさぞ喜ぶだろうと思ってのことであった。

甚七は折悪しく留守だったが、植木職人の治兵衛がいて、東吾を庭のすみへ連れて行った。

大きな甕《かめ》がいくつも並んでいて、その中から虫の音が聞えている。

「まだ夕方でございますから、こんなものですが、夜が更けますと、それはもう、うるさいくらいのもので……」

前年、女房子を不慮の出来事で失った治兵衛は、未だに独身のようである。

東吾が八丁堀へ帰る時、鈴虫を少々、分けてもらえないかというと、

「若先生でございましたら、親方は喜んで何匹でも、さし上げますでございますよ」

と請け合った。

「そんなに沢山じゃなくていいんだ。二日後に、また来る」

植木屋を出て畑の中の小道を戻って行くと、刈り取った稲が干してある裏側のほうで声高にいい争っているのが聞えた。若い男と女の声である。

東吾が足を止めたのは、男の声が、

「お鈴どの」

と呼んだからであった。せっぱつまった、思いつめた調子である。

「お鈴どの、たのむ。俺と夫婦になってくれ」

棚にかかっている稲束が、がさがさ動いたのは、女が男の手から逃げようともがいている様子である。

「あんたを、百瀬半太夫に奪《と》られるくらいなら……なんのために、俺は学問吟味を受けるんだ。なんのために……」

「乱暴はやめて下さい」

意外にしっかりしたお鈴の声が聞えた。

「あんたと私は従姉弟同士なのよ、第一、お母様と伯母様が、あんなに張り合っていて、あたしが富之助さんのお嫁さんになれるわけはないでしょう」

「なんとかなる。お鈴どのがその気さえあれば、かけおちでもして……」

「申しわけありませんけど、あたしはそんな気持になれません」

「百瀬半太夫みたいな爺いがいいのか」

「あんな人、大嫌い……」

「それなら……」

「あんたも大嫌い。一日中、机にしがみついている青瓢箪《あおびょうたん》……」

稲のかげから男が突きとばされ、お鈴が走り出して来た。

東吾をみて、あっという顔をする。男がよろめきながら、道へ出て来た。矢庭に刀を抜いて、お鈴に斬りかかろうとする。

「馬鹿な真似はやめろ」

お鈴を背にかばうと、見境もなく東吾にむかって来た。腰はすわっていないし、刀の重みに自分がふり廻されているような恰好である。

「いい加減に、頭を冷やせ」

苦もなく刀を叩き落すと、そのはずみで男は、まだ刈りとりの終っていない稲田へ頭からひっくり返った。

「あの人が、岡本富之助なんです。大事な話があるからなんて、ひとを呼び出して……」

六本木の通りへ出て、お鈴は息を切らせながら、いいつけた。

「どうでもいいが、大の男に青瓢簞はないだろう。断るなら、もう少し、相手の気持を考えていってやれ」

東吾がいっても、お鈴は怒りをおさめなかった。

「若先生が通りかからなかったら、あいつ、あたしを手ごめにしたかも知れないんですよ」

「そう思ったら、若い男の呼び出しになんか、一人で出て行くな。そう、いつもいつも、俺が通りかかるとは限らないぞ」

御書院番組屋敷の近くでお鈴と別れて狸穴へむかってくると、正吉を伴って買い物に出たらしい、おとせと出会った。

「少し、気が早いのですけれど、方斎先生の綿入れを縫い直したいと思って……」

新しい真綿を買いに行ったのだという。

三人揃って、方月館への道を帰ってくると、神谷町のほうから、ひどく疲れた様子の女がうつむきがちに歩いてくるのに出会った。

髪の結い方、着ているものからして武家の女房のようである。

「あの……岡本玄治郎様の奥様でございますよ」

女が遠ざかってから、おとせがささやいた。

「以前、善助さんから聞いたのですけれど、御子息の学問成就の御祈願に、神谷町の熊野権現様へ日参されておいでだとか……」

それも、麻布中の噂になっているらしい。

「雨の日も、風の日も、もう一年の余も続いているそうでございます」

「息子を一人前にするのも容易ではないな」

そんな苦労をしてまで、学問吟味に合格させたいと思っている息子が、自分の妹の娘であるお鈴に狂って追い廻していると知ったら、あの母親はどんな顔をするだろうと、東吾はいささか哀れに思った。

「親の心、子知らずさ」

「でも、どうなのでございましょう。親があまり、我が子に高のぞみをしすぎますのは、その子にとって、苦しいものではございますまいか」

武士と町人では、事情が違うだろうがと前おきして、おとせは同じ母親として、岡本富之助の母親のやり方に納得出来ないものを感じているらしい。

「たとえ、お武家様でも、学問だけしていればよいというものでもございませんでしょう」

「しかしなあ、そうでもしなければ、なかなか出世の出来ない世の中なんだ」

この天下泰平がいつまで続くのかわからないが、幕府からの俸禄で暮らしている旗本、御家人はなにかで頭角を現わさないと立身はおぼつかない。

「おとせの目には、親の虚栄で子供に無理強いをしているようにみえるかも知れないが、あれはあれで、やむを得ないようなところもあるのだ」

「申しわけございません。世間知らずが、とんだことを申しました」

「なに、いいんだ。正吉には、のびのびと育ってもらいたい。俺もおとせと同じように考えているよ」

黙って歩いていた正吉が小さな肩をそびやかすようにした。

「俺は、若先生の弟子になって、いつか方月館の代稽古をするんだ」

おとせが目を細くした。

「そのためには、もっとたんと御膳を食べて、善助さんのお手伝いをしなければ……」

「正吉が代稽古をしてくれるようになると、俺は随分、助かるだろうな」

「大《おお》先生のように、一日、御本を読んでいていいよ」

「つまりは、爺さんになるってことか……」

明るい笑い声が方月館の庭に聞え、薪を割っていた善助が顔を出した。

「お帰りなさいまし。長太郎さんが若先生を待っておいでですよ」

内藤長太郎は、道場に端座して本を読んでいた。東吾の姿をみて、本を閉じ、両手を突いた。

「お留守に勝手を致して居ります」

「論語か」

閉じた本をみて、東吾は道場の床にすわった。

「来年の大試《だいし》を受けるそうだな」

素読吟味を俗に小試《しょうし》と呼び、学問吟味を大試と称した。

「俺も聖堂通いはしたが、大試は受けなかった……」

「私も、来年はやめようと思っています」

「次の折にするのか」

「わかりませんが、岡本富之助と一緒に受けるのは避けようと思っています」

「何故だ」

長太郎の表情は明るかったが、どこかにぴんと張りつめたものがある。

「富之助と張り合いたくありません」

「あいつに負けるのが口惜しいのか」

「手前は是が非でも一番になろうとは思って居りません。学問は嫌いではありませんが、応試《おうし》で一番、二番を争っても意味はないと存じます。それよりも、方斎先生のお教えのように、論語読みの論語知らずになりたくありません」

「しかし、お前の親の気持はそれではすむまい」

「一時《いっとき》は口惜し涙をこぼすかも知れません。けれども、やがて、手前の気持がわかってもらえる時が来ると思います」

「お前自身は大丈夫か。応試をあきらめれば、世間は口さがないものだ。気後れしたとか、富之助に負けるのがいやさに逃げたとか、いろいろいいふらす者もいよう」

「覚悟は出来ています。いやなことがあればここへ参ります。先生の稽古を受けていれば、必ず、忍耐出来ます。それに、確かに応試を避けるのは卑怯なことですから、なんといわれても仕方がありません」

「そうか」

夜になりかけている窓の外へ、東吾は視線をむけた。

「岡本富之助と、今日、出会ったが、お前のいう意味が満更、わからなくもない。学問に秀れるのはいいことだが、心が追いつめられて、かたくなになってしまっては、なんにもならぬ」

「富之助が、かわいそうになることがあります」

食事の時も、本を読んでいるといった。

「そうしないと、飯が咽喉を通らないそうなのです」

「親はなんとも思っていないのか」

「伯母上は、むしろ、自慢しておいでです。お恥かしい話ですが、手前の母も富之助を見習えといいます」

「お前も苦労するな」

さわやかに、東吾は笑った。

「学問も剣も、自分を磨くためにするものだ。俺はお前の考えを正しいと思う」

「ありがとうございます。先生にそういって頂いて、勇気が出ました」

長太郎がくつろいだ様子をみせたので、東吾はいった。

「しかし、お前の親も大変だな、娘は縁談を嫌うし、息子は大試を受けないといい出す。親にしてみれば、世間体もあるだろう」

「手前はとにかく、姉は考え直したほうが良いと思います。百瀬半太夫どのは立派な御仁ですし、姉は年齢が離れているから嫌だといいますが、姉のような気の強い女には年輩の夫のほうが万事うまく行くと思うのです」

「お鈴にそういってやれよ」

「姉は若先生のような人がいいと申すのです」

長太郎は真剣であった。東吾の顔色を読むようにしている。

「俺は駄目だ」

「何故ですか」

「祝言はしていないが、心に決めた女がいるんだ。いずれ、夫婦になる……」

「左様でしたか」

明らかに、がっかりした声を出した。

「お鈴にそういってやれ。親のいうことに、ただ反撥するな。親はお前達よりも、長い間、世間をみているんだ。子供のために、悪い縁談をすすめるわけはない」

その時、道場の入口に善助が顔を出した。

「若先生、大変です。飯倉の通りで人殺しが……」

東吾は刀を摑んで立ち上った。

飯倉片町の通りは、人が遠巻きにしているようであった。

こっちから見た限りでは、そこでなにが行われたかわからない。

「若先生……」

東吾の姿をみつけて走って来たのは飯倉の仙五郎という岡っ引であった。

「どうにも、えれえことになりまして、息子が母親を刺しちまったんで……」

東吾の背後にいた長太郎が、はっとした様子をみせた。

「誰なのだ。いったい……」

「大御番組頭の岡本様の御子息だそうで……とにかく、狂っていますぜ、血刀をふり廻して、近づく者は叩っ斬るって按配で……今うちの若い者が組屋敷へ知らせに行ってますが……」

「先生……」

長太郎が悲痛な声を出した。

「富之助を助けてやって下さい」

いわれるまでもなく、東吾は人垣をかき分けて進みはじめた。

かなりむこうに女が倒れている。その横に富之助が刀をふりかぶって四方へなにか叫んでいるのがみえた。

「若先生、危うござんす」

仙五郎が叫んだ時、東吾の向って行く道の反対側から一人の武士が姿をみせた。

「富之助、刀を捨てろ」

「父上……」

泣くような声であった。

「近づかないで下さい、近づくと斬る」

だが、武士はそのまま、素手で我が息子に近づいて行った。

「父上……」

絶叫と共に、富之助が刀をふり下した時、東吾が彼に体当りした。

富之助の手から刀が放れ、彼の体はもんどりうって大地へころげる。

組屋敷のほうからかけつけて来た武士達が、富之助にとびつくようにして、彼を羽がい締めにした。

岡本玄治郎は肩先を押えて、膝を突いている。

「早く、医者を……」

東吾がどなって、仙五郎がかけ出した。

四

事件の詳細は、やがて松浦方斎と親しい御書院番組の侍から、方月館へもたらされた。

「岡本どのの奥方が毎日の願がけから帰って来たところ、路上で泥まみれの恰好の富之助と出会ったそうじゃ」

取調べに対して、富之助は母親があまりくどくどと叱りつけるので、つい、かっとなって刀を抜いてしまったと自供したらしい。

こんなところでなにをしている、母が願がけに通っているのに、学問もせず、ほっつき歩いているとは、そのようなことでは到底、明年の学問吟味に合格することは出来ませんよ、と母親は十八歳にもなっている息子を、子供のように責め立てたものでもあろうか。

「おそらくは、面倒くさくなって、おどすつもりでふり上げた刀が母親の頭上へ落ちた。血をみて、富之助は動転し、度を失ったものでもあろうか」

武士にはあるまじきこととはいっても、学問に熱中しすぎた、神経過敏の若者である。秀才ということで親に甘やかされ、期待されすぎれば、それが重荷となるといった了見の狭い一面もあった。

「幸い、岡本玄治郎どのは命をとりとめたそうな」

松浦方斎が暗い顔をした。

我が息子に妻を殺され、自分もその息子の刃を受けた父親の傷心は、容易なものではなかろう。

「お篠どのという娘が、婚家から戻って来て、父御の看病をしているというが……」

「富之助の処分は、どうなるのでしょうか」

東吾が訊ねた。

乱心者として、生涯、座敷牢か、下手をすると自裁を勧められることになるかも知れない。

「富之助は入牢中だが、しきりに写経をしているそうじゃ」

今更ながら、自分のしでかした罪におののいているということだろうか。

翌日東吾は方月館の稽古を終えて、八丁堀へ帰った。

方月館の善助が、一人で八丁堀の神林家へやって来たのは、更に五日後で、東吾は八丁堀の道場から戻って来たところであった。

「植木屋の甚七から、鈴虫を若先生にと届けて参りましたので……」

虫籠を二つ、大切そうに下げている。

あんな事件があったので、東吾は鈴虫のことを忘れていた。

「そいつはすまなかった。わざわざ遠い所をすまなかった」

「いえ、方斎先生のお使いで、練兵館の斎藤弥九郎先生の所へ参る途中でございます。それと、岡本富之助の御処分がきまりましたので、若先生にお知らせ申したいと……」

富之助は京へ行って僧侶になることになったといった。

「親御様が、上役におすがり申して、御子息の命乞いをなすったそうでございます」

うなずいた東吾に、もう一つ、告げた。

「内藤様のお鈴様は、百瀬半太夫様へお輿入れが決ったそうで……もっとも、御親類の岡本様にあのようなことがありましたので、御婚儀は年があけてからとか……」

「そりゃあよかったな」

善助が立ち去ってから、東吾は虫籠の一つを兄嫁の香苗のところへ持って行った。

「まあ、鈴虫……」

香苗は珍しそうに籠をのぞき、東吾はそれを縁先においた。

「日が暮れると、良い声で啼きますよ」

ちょっと出かけて参りますと、照れくさそうにことわって、そそくさと廊下を歩いて行く東吾を、香苗はおかしそうに見送っている。

もう一つの虫籠を持って、東吾は大川端の「かわせみ」へ行った。

狸穴から善助が届けてくれたのだというと、るいもお吉もなんだろうという顔で虫籠をのぞいたが、やがてお吉が、

「鈴虫じゃございませんか」

という。

「そうだ、鈴虫だ。夜になると鈴を振るような声で啼くんだ。この辺じゃ、まず、聞けない虫の音だぞ」

得意満面な東吾に、るいが首をかしげるようにした。

「それじゃ、東吾様はお気づきじゃございませんでしたの」

「なんのことだ……」

「あそこに甕《かめ》がございますでしょう」

成程、庭のすみに、備前焼のがみえる。

「もう何年も、あそこに鈴虫を飼って居りますのよ。お吉が丹精して、毎年、卵が孵《かえ》って……」

「もう何年もだと……」

「私、何度も申しましたでしょう。鈴虫が今年もよく啼いていると……」

「そうだったかな」

「東吾様は、私の申し上げること、ちっとも聞いていらっしゃらないのですね」

るいの手が東吾の膝にのびた。

「狸穴で、どなたかさんとお聞きになった鈴虫は、さぞかし、いい声で啼きますのでしょう」

「冗談いうな、方月館で正吉が飼っていたんだ」

「やっぱり、おとせ様とお聞きになった……」

「そうじゃない、鈴虫の声だと教えてくれたのは……」

「どなたでございます」

お吉は、いつの間にか虫籠を持って、居間から姿を消している。

「さあ、おっしゃって下さいまし。どなたが、東吾様に鈴虫の音をお教えしたのか」

「それが……綱坂でね」

「どちらでございますって……」

「鬼女だよ、鬼が鈴虫を教えたんだ」

鈴虫は、「かわせみ」にもいたのかと立ち上りかけた東吾に、るいが涙ぐんでそっぽをむいた。

「存じません……もう……」

「馬鹿だな、るいは……」

「馬鹿でございます。馬鹿の申し上げることですから、東吾様のお耳に入らなかったのでございましょう」

「勘弁しろよ」

ふっと虫の音が聞えた。

「おい、るい、鈴虫が啼き出したぞ」

「いいえ、あれは、こおろぎでございます」

「かわせみ」の庭に、夕風が吹いて来た。

錦秋中仙道《きんしゅうなかせんどう》

一

その年の江戸は、長雨のまま秋が深まった。

連日、絹糸のような雨足が大川の上に降って、なんとなく頭が重い日が続いている。

深川の長助が、大川端の「かわせみ」へやって来たのは、午《ひる》すぎのことで、高足駄に尻っぱしょり、余程、いそいで来たのだろう、背中にまで跳《は》ねを上げている。

「まことにどうも、毎度のことであいすみませんが、一人、お宿をお願い申したいんで……本来なら、とても、こちらへ泊めて頂けるような者じゃございませんが、何分、あんまり江戸に馴れて居りませんので、もし、なにかあっちゃあ、頼まれ甲斐のないことになりますんで……」

番頭の嘉助が訊いてみると、深川で一、二を争う漆器《しっき》問屋、宮越屋へ毎年、木曾から品物を納めに来る檜《ひのき》細工の店の若主人だという。

「そういう人なら、なんということもございませんよ。喜んでお宿をさせて頂きましょう」

嘉助が承知して、間もなく長助は、一人の若い男を伴って出直して来た。

あらかじめ、嘉助から話があったので、るいも帳場へ出て、挨拶をしたのだが、みるからに素朴な若者である。

「お初にお目にかかります。手前は木曾屋新助と申します」

昨年までは、父親と共に註文の品を宮越屋へ届けるために木曾から江戸へ出て来ていたのだが、父親が五十を過ぎて長旅がこたえるようになったので、今年からは自分一人で来ることになったという。

「実を申しますと、いつもは江戸に滞在する間は、宮越屋に厄介になっていなすったそうですが、たまたま、今度は、宮越屋の上の娘さんの祝言にぶつかっていまして、遠方から親類方も来ていなさる、泊める部屋もないということでして、宮越屋の旦那から、あっしが、こちらさんのお宿を頼まれましたんでございます」

長助が、ほっとしたような顔でいう。

「宮越屋さんなら、よく知っていますよ。うちのお嬢さんが、あそこの木曾漆の細工物がお好きで、年に一度はなんだかだとあつらえていますから……」

いつの間にか、帳場に来ていたお吉がいい、るいもうなずいた。

「そういえば、宮越屋さんには二人、娘さんがおありだときいたことがあったけれど、いよいよ御祝言ですか」

「上のおしまさんというのが、十八になんなすっていて……なにしろ、下のおきぬさんと一つしか年が違わねえんで、親御さんも縁談をいそいでいなすったそうですが、漸く、まとまりまして……」

相手は日本橋の両替商、松本屋の若旦那で角太郎といい、

「なんでも、母親同士が遠縁に当るそうで、角太郎さんとおしまさんは子供の頃からの知り合いだそうでございます」

自分の縄張り内のことで、長助は得意になって喋《しゃべ》っている。

「松本屋も、宮越屋もお内証が裕福なので、近頃にしたら豪勢な祝言になるようだと、町内では噂《うわさ》をして居ります」

その祝言が明日というのでは、宮越屋は上を下への大さわぎであろうし、木曾から出て来た取引先を泊める場所もないというのは当然のことかも知れない。

「まあまあ、木曾からお着きになったのでは、さぞ、お疲れでございましょう」

草鞋《わらじ》は宮越屋で解いたものの、まだ、旅仕度のままであった。

お吉が心得て、部屋へ案内し、なにかと世話を焼いていたようだが、やがて戻って来て、

「まるで、檜の匂いのしそうな若い衆さんですねえ」

と笑っている。

「今時のお江戸じゃ、ちょっとお目にかかれませんよ」

木曾の山中で育っただけあって筋骨はたくましそうだが、顔は少年のようで、その分、どこか間が抜けている。

「いけませんよ。お客様のことを、あれこれいっては……」

たしなめて、るいは居間へ戻って、針仕事を続けた。

東吾が、ここへ来た時だけ着る半纏を縫い上げるつもりであった。

が、たいしてはかどりもしない中に、

「すみません、お嬢さん。新助さんが、宮越屋さんから買ったお道具をみせてくれというんです」

お吉と一緒に、新助が廊下に手を突いた。

「多分、うちで納めた品物じゃないかと思いますんで、もし、傷でもついているようなら、こちらにいる間に手入れをして帰りたいと思います」

「それは、御親切に……」

るいは、新助を部屋に入れて、道具をみせた。

鏡台と手文庫と、衣裳箱、普段使っているお盆に、長火鉢の横の小簞笥《こだんす》。

「木曾漆は、丈夫で、使いやすいから……」

るいが教えるまでもなく、新助はそれらを一目みて、自分の店で、扱った品々だと気がついたようであった。まるで、長いこと会わなかった子供にでもめぐり合ったように、目を輝かせ、一つ一つを丹念に調べる。

「ありがとうございます。こんなに、大事に使ってもらって……お前達はいい家にもらわれて幸せ者《もん》だ」

如何にも嬉しそうに、白い歯をみせる。

「御自分のお店で手がけたものは、みんな、おぼえてお出でですか」

るいが訊き、新助は頭を下げた。

「大方はおぼえています。長い間には忘れるものもないわけじゃありませんが、手にとってみるとわかります。なんというか、木曾の山の匂いがするようで……」

木曾の檜細工は、山仕事の間に村のものが何年もかかって、年長者からその技術を教えられる。

「名人上手といわれる仕事をする者は、みんな年寄りです。山仕事が出来なくなって、細工にだけ、はじめて集中することが出来る、若い時は細工だけでは食って行けません」

雪が深くなって、山仕事が出来なくなると、どこの家でも木をけずる音、叩く音が聞えてくる。

丹念に仕上げた細工物には、これも木曾名物の漆が、丁寧に何度も塗られて、乾かして……。

「そうやって出来上った品物は、みんな、京大坂か、江戸へ運ばれて売られます。どんな人の手に渡って、どんなふうに使われているのか、雪の中で細工をする時、手前共がふと思うのは、そんなことでございます」

この鏡台や手文庫を作った山の者たちに、よい土産話が出来ましたと、畳に頭をすりつけるようにして、新助は居間を出て行った。

「手仕事をする人の気持って、ああなんでしょうね」

珍しく黙って聞いていたお吉がいった。

「新助さんが、今度、運んで来た檜細工の中には、宮越屋のおしまさんの嫁入り道具もあったんだそうで、註文をもらったのが遅かったとかで、随分、無理な仕事をしたそうですよ。おまけに、江戸へ来る道中は大嵐に遭って、橋が落ちていたり、崖くずれだったり、それこそ命がけで、婚礼の日に間に合わせようって……あの人、いってましたよ。木曾は江戸から六十三里二十八丁、あの人の住んでるところは、奈良井という宿場町だそうですがね」

夜になって、東吾が来た時、るいはその話をした。

「中仙道、奈良井の宿か」

尾州様の御領内だが、木曾の山の中だと東吾はいった。

「その近くに、藪原という所があって尾州侯に献上の鷹は、ここから出るそうだ。もう一つ、福島という所には、木曾駒が集まるとか」

「東吾様は中仙道をお通りになったことがおありですの」

「行くものか、ものの本で読んだだけさ」

「六十三里二十八丁……長い長い旅なのでしょうね」

「中仙道でいうと、江戸と京の、ちょうど半分あたりかな」

二人が寄り添って眠った部屋の外には、今夜も雨の音が続いていた。

二

翌朝、東吾がるいの部屋から、まだ晴れ上らない空模様を眺めていると、るいが自分でお膳を運んで来た。

「深川の宮越屋さんからお使が来て、新助さんを伴《つ》れて行ったんですけれど、なんだか、大変なことが起ったらしいんですよ」

「新助というと、木曾から来た男か」

「ええ、お使が、新助さんに、お前の所の品物で、とんでもないことになったといっているのを、お吉が聞いたそうです」

それだけでは、なんのことかわからない。

るいが、ひどく気にしているのをみて、東吾は朝飯をすますと、屋敷へ帰るといい、その足で永代橋を渡って、深川へ行った。

長寿庵をのぞいてみると、

「東吾さんじゃありませんか」

店の奥から、畝源三郎の声がした。

その隣に長助と、蒼白になった若者の顔がみえる。

「さては、おるいさんが心配して居られるのですな」

源三郎が苦笑し、東吾は傘をつぼめて、上りがまちに腰をおろした。

「宮越屋に、なにがあったんだ」

訊かなくとも、青くなっている若者が新助だと想像がつく。

「それが……どうやら、漆でかぶれたらしいんですよ」

いささか当惑げに、源三郎がいう。

「漆……」

「左様です。花嫁道具の漆塗りの簞笥ではないかというのです」

「誰が、かぶれたんだ」

「花嫁です。本日、嫁入りするおしまという娘です」

「ひどいのか」

「わたしは、みたわけではありませんが、医者の話ですと、相当に……」

新助が、傍からかすれた声でいった。

「漆にかぶれたら、大変なことになる……えらいことになってしもうた……」

そこへ、様子を訊きに行っていた長助の女房が、医者と一緒に戻って来た。

「そりゃもう、ひどいのなんのって、二目とみられたものじゃありませんよ、まっ赤に腫れ上っちゃって……紅ほおずきみたいになっちまってます」

祝言は今夜であった。

「化粧かなんぞで、ごま化せないのか」

東吾がいい、医者が手をふった。

「到底、無理と申すものです。第一、熱が出て居りまして……それでなくとも、当人は半狂乱で床について居る始末で……」

氷で冷やすやら、薬を塗ったりはしたものの、おいそれと治るものでもなさそうであった。

「祝言を延期するしかないな」

東吾が呟《つぶや》き、長助がぼんのくぼへ手をやった。

「それが……御親類が遠方から来ていて、おいそれと日延べってわけにも行かねえようで……第一、仲人を頼んじまったのが、お旗本の大久保様だとかで……」

聟《むこ》の父親の松本屋の主人、徳治郎は、旗本、大久保左馬助と遠縁に当り、その関係で仲人を依頼したらしい。

「花嫁が漆かぶれというのも世間体が悪いことで……宮越屋の漆器に、けちがつきまさあ……」

商売物の漆器で、娘がかぶれたとなると、宮越屋で漆器を買う者はなくなる怖れがある。

「そんなことはございません」

新助が声をふりしぼった。

「手前共がお納めする漆器は、それはもう気をつけて漆を乾かしております。ただ、今度、お納めした小簞笥だけが、出来上ってから、それほど日を経ずに、お届けすることになりました。ですが、普通ではかぶれることはございません。お嬢さんが余っ程、漆に弱い体質か、それとも、体の具合が悪かったか」

体調の悪い時だと、普段、かぶれる筈のない漆に、肌が負けてしまうことがある。

「なんにしても、手前共の品物で、こんなことになりまして……、お詫びのしようがありません」

思いつめているような新助の肩を、東吾が叩いた。

「今更、なにをいっても仕方がねえ。別に漆かぶれで、命がなくなるものでもないんだ。お前はかわせみに帰って、そっとしているがいい」

宮越屋は、おそらく、娘の急病とでもいいこしらえて祝言を延ばすだろうと、東吾は考えていたのが、意外にも、

「予定通り、昨夜、祝言が行われたそうです」

と翌日、畝源三郎が八丁堀の神林家へ知らせに来た。

「かぶれが治ったのか」

医者の手当が功を奏したのかと東吾は解釈したのだが、源三郎の返事は意外なものであった。

「花嫁を取りかえたそうです」

「なんだと……」

「とりあえず、おしまの妹のおきぬが花嫁姿となって祝言をあげたらしいのです」

「源さんよ」

東吾が笑い出した。

「この節、花嫁の代役がはやるな」

「長助の話ですと、おしま、おきぬの姉妹は一つ違いで、顔もよく似ているそうです。それで、せっぱつまって、先方に事情を話し、おきぬの代役でとりあえず式をすませ、おしまが回復してから、改めてということにしたそうですが……」

「そうすると、盃事だけで、初夜なしの祝言ってことか」

「当然、そうなるでしょうな」

「よく、本人達が承知したな」

「商人は商売を第一に考えるものですから、宮越屋としては、娘が漆にかぶれて祝言を延期したとは、口が裂けても口外出来なかったんじゃありませんか」

源三郎が奉行所へ向ったあとで、東吾は兄嫁の香苗の部屋へ行った。

香苗は小簞笥のひき出しを抜いて、髪飾りの手入れをしていた。

昨夜から雨は上って、今日は僅かながら陽がさしはじめている。

「義姉上《あねうえ》は、漆の細工物をお持ちですか」

突然、奇妙なことをいい出した義弟を、香苗は微笑で眺めた。

「女の道具類は漆塗りのものが多うございますのよ、この小箪笥も……その火鉢も……」

特に漆塗りとことわらなくとも、塗り物には大方、漆を用いるのが常で、輪島塗りといい、京塗りといい、

「それぞれに工夫はあるようですが……」

「漆にかぶれたことはおありですか」

「塗り物の漆でしょうか」

「そうです」

「それはございません。塗り物の漆でかぶれるというのは、きいたことがございません。自然の漆でかぶれるというのはございますけれど……」

「自然の漆ですか」

「野山を歩いていて、漆の木に触れて、かぶれるというのは……子供の頃、七重《ななえ》が、そうでした。乳母の実家が雑司ヶ谷のほうで、遊びに参ったんです。それで、漆にかぶれて帰って参りまして……私よりも、七重にお訊き遊ばしたら……あの子は二、三度、そんなことがあったようですから……」

「そういえば、そんな話をきいたおぼえがあるようです」

八丁堀の屋敷を出て、本所の麻生家へ行ってみると、植木屋が来ていて前栽《せんざい》の手入れをしている。

「七重殿は漆にかぶれたことがあったそうだな」

途中で手土産に買って来た団子を、早速、七重が開いて、のんびり茶を飲みながら、東吾が訊くと、

「深川の宮越屋の娘さんの話でございましょう」

すぐに、勘のいい返事が戻って来た。

「知っているのか」

「植木屋の岩吉が、さっき話してくれました」

昨日の今日であった。宮越屋が、どうかくしても噂は忽ち、広がるものらしい。

「岩吉を呼んでくれないか。その話を聞きたいんだ」

東吾がいい、七重は庭下駄を履いて、植木屋を呼びに行った。

麻生家の庭は広い。

主の麻生源右衛門が風流人なので、庭木も珍しいものが集められているし、始終、植木屋が入って手入れが良い。

前栽は、菊がまだ蕾《つぼみ》であった。

池のむこうからは、鹿《しし》おどしの音がゆったりと聞えている。

植木屋の岩吉は、手拭で汗を拭きながら、やってきた。

「どうも、つまらねえことをお耳に入れちまいまして。ですが、他人様の内緒事を面白おかしく告げ口したわけじゃございません。ちょっとばかり、合点がいかなかったものですから、ついつい……」

女子供でもあるまいし、いい年をしてお喋りをしちまってと、頑固者が後悔しているのを、東吾は笑いながら制した。

「いや、その件については、俺も腑に落ちねえことがあるんだ。爺さんの合点が行かねえって話を聞かせてくれないか」

岩吉は庭石の脇に膝を突いて、ほんの僅か黄ばみはじめた紅葉の枝へ目をやった。

「あっしが噂で聞いたのは、宮越屋さんのおしまさんが、漆の細工物にさわって、かぶれたってことなんですが、漆を塗っているところとか、塗りたてのものに触ったのならとにかく、木曾で作って、何日もかけて江戸まで運んで来たような道具の漆が、そんな、ひどいことになるのか不思議な気がしたもんでして……」

「塗り物でも、まだ新しい中《うち》や触った当人の体の具合なんかじゃ、けっこう、かぶれることもあるそうだよ」

新助から聞いたことを東吾が話すと、岩吉は合点した。

「それじゃ、手前が気を廻すことはないようで……」

岩吉に茶を勧めていた七重が、東吾へいった。

「漆って、触らなくとも、近づいただけでかぶれるんですよ。あたし、一度目は漆の葉があんまり赤くてきれいなので、つい、触ってかぶれてしまったんですけど、二度目は、この葉に触るとかぶれるんだと思って、みていただけなのに、やっぱり、あっちこっちかゆくなって……それを、お父様やお姉様は、七重は性こりもなく、漆に触って、かぶれてしまったって……あんな口惜しいことはありませんでした」

「その時のことだろう。俺が遊びに来たら七重殿が風邪をひいたみたいに真っ赤な顔をしてさ、触ってみたら、どこもかしこもぱんぱんに腫れて、だるまみたいになっていた」

「つまらないこと、思い出さないで下さいまし」

「宮越屋のおしまさんは、もっと、ひどいそうですよ。体中から熱が出て、今日になっても、うんうんうなって寝てなさるとか」

岩吉がいい、七重が東吾をみた。

「どうお思いになります。松本屋の角太郎という人。自分の女房になる人が、そんなに苦しんでいるのに、よく、その妹と祝言をあげられると思いませんか」

「あれは、形だけなんだろう」

「形だけにしたって、苦しんでいる人の気持を考えたら……」

「そりゃあそうだ」

団子を食べ、夕方まで七重の話相手をして、東吾は八丁堀へ帰った。

三

「かわせみ」に投宿していた木曾の新助が、大川へ身投げをしようとして、嘉助に助けられたという知らせを、深川の長助が八丁堀へ持って来たのは、宮越屋と松本屋の祝言がすんで三日目のことである。

「どうも、その前から新助の様子が只事じゃないと、嘉助さんはそれとなく見張っていたそうで、危ういところを抱きとめて懇々《こんこん》と意見をしなすったそうで……」

目をしょぼしょぼさせて、長助が訴えた。

「宮越屋への申しわけに死のうとしたのか」

大事な得意先に納めた品物のことで、とんでもない迷惑をかけた。

「それもあるようですが、実はおしまさんの縁談がおかしなことになっちまいまして……」

神林家の台所のすみで、長助は大きな嘆息をついた。

「つまり、その、形ばかりの祝言が、形ばかりでなくなっちまったんでさあ」

「おきぬと角太郎が出来ちまったってことか」

最初に、畝源三郎から形ばかりの祝言という話をきいた時、なんとなく東吾に、そんな予感があった。

「ざっくばらんにいっちまいますと、そういうことなんで……当夜は松本屋で祝言をあげたあと、おきぬさんは着がえをして、橋場にある宮越屋の寮へ行く手筈だったそうですが、一夜あけてみるってえと、正真正銘の松本屋の嫁が出来上っていたってわけで……」

慌てふためいた双方の親が話し合って、結局、おきぬが角太郎の女房に納まった。

「身代りが本物になっちまったわけでして、まあ、当人同士はそれでもようござんすが、かわいそうなのは、おしまさんでさあ」

漆かぶれが原因で、夫となるべき人を妹に奪《と》られたことになる。

「よしゃあいいのに、あっしがそのことを、かわせみへ行って喋っちまったんで……新助がおしまさんに申しわけがねえと……」

木曾の男は、思いつめてしまったと、長助は悔んでいる。

「新助の気持も、もっともだが、あいつが死んだからといって、おしまが松本屋の嫁になれるってものでもなかろう。そんなことで命を捨てて、木曾で待っている親達に不孝をすることはあるまい、と当人によくいってやれよ」

しょんぼりしている長助が気の毒で、つい、東吾は柄にもないことをいい、気のいい岡っ引を慰めた。

その夕方、今度は畝源三郎が、神林家へやって来た。

「長助がお耳に入れたそうですが、新助のほうは、どうか御心配なく」

先刻、「かわせみ」へ寄ってみると、嘉助やるいの意見がきいたのか、すっかり落ち

ついていて、

「自分が軽はずみなことをすれば、瓦版に書き立てられなどして、一層、宮越屋さんの不幸せが世間に知れることになると、こちらの皆さんから教えられました。面目次第もございません」

今は、自分が一生かかっても、宮越屋とおしまに対して償いの出来るのは、どういうことだろうかと、それだけを考えていると話していたと源三郎はいった。

「それじゃ、こっちはまあ安心していていいんだな」

他ならぬ「かわせみ」にいるのだから大丈夫だろうと苦笑して、ついでのように東吾が訊ねた。

「宮越屋のおしま、おきぬの姉妹なんだが、両親は二人とも、今の宮越屋主人夫婦なんだろうな。それと、姉妹仲はよかったのかどうか、源さんから長助に訊いてもらってくれないか」

自分がじかに長助に訊いてもいいのだが、

「あいにく、今月は兄上が非番で屋敷に居られるんだ、ちょっと出にくいと思ってね」

源三郎が、軽く首をかしげた。

「東吾さんは、漆かぶれを、単に不運だったとは思っていないということですか」

「そいつはわからねえ。あくまでも念のためって奴さ」

「承知しました」

その返事は、翌日の夜、やはり、源三郎が自分でやって来て報告した。

「おしま、おきぬの姉妹ですが、母親が違うそうです。もっとも、それを知っているのは町内でも、ごく僅かで……おしまは宮越屋与左衛門が若気のいたりで、深川の芸者に産ませた子で、嫁に来たばかりの、今の女房、お沢《さわ》が、赤ん坊の時からひき取って育てたんだそうです。芸者をしていたおしまの母親は間もなく、馴染客に落籍《ひか》されて、木更津のほうへ行ったそうですが、宮越屋とは全く縁が切れているとのことです」

「おきぬが、お沢の本当の娘なんだな」

「ですが、お沢は乳呑子の時から育てたおしまを大層、かわいがっていて、決して、わけへだてはしていないと、これは店の者も口を揃えていっているといいます」

「姉妹仲はどうなんだ」

「悪くないそうです。どちらかといえば、おしまは物事をはっきりいわない性分で、それにひきかえ、おきぬのほうは機転がきいて愛敬者なので、父親の与左衛門は、さきざき、おきぬに聟をとって、宮越屋を継がせたいと考えていたそうです」

だが、ひょんなことで、そのおきぬが松本屋へ嫁入りすることになった。

「松本屋の角太郎という奴をみてみたいな」

東吾がいい出して、源三郎がちょっと笑った。

「いったい、なにを考えているんですか」

「そいつがよくわからねえんだ。ただ、なんというのか、どうも今一つ、すっきりしないものがあってね」

実際、その時の東吾は、まだ切り札をなにも持っていなかった。ただ、彼の勘がこの一件を、単なる漆かぶれで片付けられないでいる。

「では、明日、お迎えに参りましょう」

翌日はまた、雨であった。

それも、どしゃ降りである。

「すまないな、源さん、物好きの片棒をかつがせて……」

傘をひろげながら東吾がいい、

「なに、定廻りには雨も雪もありはしません」

源三郎が穏やかな笑顔をみせた。

定廻り同心は炎天下も寒風の中も、ただ黙々と江戸の町を廻り、大小さまざまの事件を解決して行く。

まして、江戸の治安が決していいとはいえない昨今は、真夜中といえども、捕物に駆り出されることが珍しくない。

雨の中を日本橋に出て、両替商松本屋は本石町にあった。

畝源三郎が店へ入ると、番頭が慌てて帳場格子の中から立って来た。

「少々、厄介なことがあったので、若主人の角太郎と新妻のおきぬに会いたいというと、すぐ丁重に奥座敷に通された。

「定廻りの旦那の顔ってのは、たいしたもんだな」

東吾が感心し、源三郎が顔をしかめた。

「両替商というのは商売柄、なにかと町方の厄介になることが多いのです」

そのために、日頃から出入りの岡っ引や、近くの番屋につけ届けを怠らないという。

待つ程もなく、角太郎が座敷へ来た。

「あいにく、両親は揃って知り合いの法事に出かけて居りまして……」

畝源三郎の隣から、東吾がいった。

「なあに、お前さんに用があって来たんだ」

角太郎の表情がこわばった。

「手前に、なんぞ、お訊ねでございましょうか」

「そうなんだ。ちっとばかり、訊きたいことがある」

宮越屋の姉妹とは幼馴染だそうだな、という東吾に、角太郎は神妙にうなずいた。

「はい、母親同士が遠い親類に当りますので……」

「おしまを嫁にという話は、いつ頃からのことだ」

「たしか、二、三年前からだったと思います」

「二、三年前から話があったにしては、祝言までが長すぎはしないか」

おしまは十八歳、この頃としては、やや嫁《い》き遅れの年頃である。

「それは、宮越屋さんのほうで、おしまさんを嫁に出すことを迷っていなさったからだと存じます」

本来なら、長女に聟をとって家を継がせるのが普通である。

「お前はおしまが好きだったのか、嫁に欲しいと思っていたのか」

あけすけな東吾の問いに、角太郎が下をむいた。

「手前と致しましては、おしまさんに嫁に来てもらいたいと存じて居りました。親父もお袋もそのつもりで居りましたし……ですが、このようなことになりまして……」

「なりゆきで、好きでもないおきぬと夫婦になったのか」

「いえ、そうではございません。たしかに、なりゆきはなりゆきでございましたが、おきぬの気持を聞きまして……」

「おきぬが、お前を好きだと打ちあけたのだな」

角太郎がいよいよ、うつむいた。

「手前も、おきぬがきらいだったわけではございません。それに、こう申してはなんでございますが、夫婦になった今は、情愛も湧いて参りまして……おきぬと夫婦になってよかったと思って居ります」

「おしまのことは、どう思う」

「それは、まことにあいすみませんが……やはり、神仏の思し召しと申す他に……」

廊下に小さな足音がして、おきぬが茶菓子を運んで来た。まだ、結いたての女房髷《まげ》が初々しい。

「お前達には、もはや、かかわりのないことかも知れないが、木曾から来ている新助という者が、身投げをして死のうとした。幸い助ける者があって命はとりとめたが、宮越屋にすまない、おしまに詫びる言葉がないと、大層、苦しんでいるそうだ。なりゆきとはいいながら、一方は幸せに笑い、一方は苦しい涙を流している」

東吾の視線が、ひっそりと手をつかえているおきぬの上で止った。

「幸せになれたらなれたでよい。その幸せが何人かの涙の上で花咲いたことを忘れるまい。その人々のためにも、なにがあろうと添いとげて、幸せを全うすることだ」

ふっと、おきぬが両手を顔にあてるのをみて、東吾は立ち上った。

「源さん、俺の用は、これでおしまいだ」

雨の中を松本屋を出て、大川端へ向いながら、源三郎が東吾の横顔を窺《うかが》った。

「角太郎という男、どう思われました」

「あいつ、女にもてるな」

向い風を傘で避けながら呟いた。

男にしては優しい顔つきだが、商家の息子としては、ちょうどいいのだろう。男前で上背があり、物腰は柔らかで如才がない。おまけに裕福な家の一人息子であった。女にもてないほうが、どうかしている。

「独り者の時には、けっこう遊んでいるだろう」

「しかし、今はおきぬに惚れているようですな」

と源三郎。

「おきぬがしっかり者だからだよ。それにしても、神仏の思し召しには参ったな」

大川端の「かわせみ」へ来てみると、

「今、新助さんのところに、おしまさんがみえているんです」

るいが二階を指すようにして告げた。

「新助さんが身投げをしかけたってことを聞いたとかで……」

「おしまの漆かぶれは、どうだった」

「すっかり、よくなって……ただ、つらい思いをしたあとだからでしょう。面《おも》やつれして痛々しいようですよ」

足を洗って、東吾と源三郎は、るいの部屋へ行き、お吉の作ったそばがきを食べていると、

「どう致しましょう。只今松本屋のおきぬさんがおみえになって、姉さんが来ている筈だとおっしゃるのですが……」

嘉助が取り次いで来た。

東吾が帳場へ出てみると、駕籠から下りたばかりのおきぬが、青白い顔で土間に立っている。

「あなたは、先程のお役人様ですね」

東吾をみると、低いが、しっかりした声でいった。

「どうぞ、教えて下さいまし。姉さんが漆にかぶれたのは、あたしを角太郎さんの嫁にするためだったんですか」

東吾があっけにとられ、おきぬは上りがまちに両手を突いた。

「教えて下さい。姉さんに会わせて……」

階段から、おしまと新助が下りて来た。二人共、泣いたような目をしている。

おきぬが下駄を脱ぎ、かけよって姉にすがりついた。

「姉さん……姉さんはあたしのために……」

あとは肺腑をしぼるような泣き声であった。

四

小半刻（三十分）の後。

るいの部屋では、姉妹が漸く涙をおさめていた。

「姉さんは、あたしが角太郎さんを好いているのを知って……それで、あんなことをしたんですね」

とおきぬは泣いたが、おしまはそうではないといい張った。

「たしかに、新助さんになまの漆を持って来てくれとたのんだのは、あたしだけれど、それは、なにも、おきぬが角太郎さんを好いているから自分が身をひこうと思ったわけじゃない。あたしが角太郎さんと夫婦になってうまくやって行ける自信がなかったから……」

角太郎が遊び好きで、何人かの女と格別の仲であることは、おしまもおきぬも知っていた。

「あたしは、そんな角太郎さんを好きになれなかったし、あたしのような、うとい人間は角太郎さんのような人の女房には向いていない。それにひきかえ、おきぬは、なにがあっても角太郎さんが好きだし、おきぬのような気性のしっかりした娘なら、角太郎さんの心をつなぎとめ、一生、うまくやって行くことが出来る……あたしはそう考えただけなんです」

だが、両家の親達は最初からおしまを角太郎の嫁にと決めていた。

「あたし、一度、お父つぁんとおっ母さんに相談してみたんです。あたしよりもおきぬのほうが、松本屋の嫁にむいているって……でも、お父つぁんは一度、決めたことを変えるわけには行かないって……」

せっぱつまって、おしまは漆のことを思いついた。

「漆器問屋の娘ですから、漆かぶれの怖しさはよく知っています。あたしは、なにも理由はいわず、新助さんに、今度、来る時は、漆を持って来てくれと、たのみました」

木曾の檜細工は、漆の幹から取る樹液を使った塗料で仕上げる。

新助が、なにに使うのか知らずに持って来た漆の液を、おしまは自分で自分の体に塗った。

「漆を持って来たのは、新助だったのか」

東吾が笑った。

「普段、漆に強い奴が持って来たから、なんでもなかったんだ。俺はそこが解けなかった」

東吾は、おきぬか角太郎が、おしまの嫁入り道具に漆を仕掛けたと考えていた。

「困ったのは、二人の中、どちらが漆にさわっても、必ず、かぶれるに違いない。それなのに、二人とも、漆かぶれをしていない。それでわけがわからなかった。俺の見込違いだった」

新助が泣き笑いの表情でいった。

「漆かぶれのことを知った時、手前は断じて道具類のせいではない、もし、そんな噂が立ったら、宮越屋さんもとんだことになるし、手前共、木曽で仕事をしている人々にも、あいすまないことになります。けれども、道具の塗りのせいではないといい切ったら、お嬢さんに渡した漆のことを白状しなければなりません。新助を信じて、誰にもいえない頼みごとをしたのだとおっしゃった、おしまお嬢さんのお言葉を考えたら、到底、口外出来ません。ですが、手前にしてみたら、何故、そんなことになってしまったのか、わけがわかりません。今日、お嬢さんがすべてを打ちあけて下さるまでは、生きた心地もしませんでした」

思い余って身投げをしようと思ったのも、もし、自分の渡した漆が、おしまの幸せを奪い去ったのだとしたら、死んで詫びる他はないと思いつめたからで、はからずも、それは新助のおしまに対する本心をあからさまにした。

「新助さんには本当にすまないことをしました。でも、新助さんが、そんなにあたしのことを案じてくれたと知って……あたしは嬉しいんです」

ほんのり頬を染めているおしまに、東吾が苦い顔をした。

「全く、無鉄砲なことをしでかす連中だ。なまの漆なんぞ持ち込みやがって、そんなものをうっかり素人がさわってみろ、あっちこっちにお岩様がぞろぞろ出来上って、えらいさわぎになったかも知れねえんだ、以後、気をつけろ」

おきぬが駕籠で帰り、おしまは新助に送られて深川の我が家へ戻って行ってから、るいの部屋は東吾と二人きりになった。

「女の気持って厄介なものですねえ」

るいが、改めて呟いた。

「もしかすると、おしまさんは角太郎さんもおきぬさんのほうを好いていると思ったのかも知れませんね」

明るく利発者の妹に対し、おっとりとした分だけ愚図な感じのする姉であった。

母親はともかく、父親の愛も妹のほうにより多く傾いている。

「自分は、父親が芸者に産ませた子だという負け目《ひ》もあったと思います。わけへだてなく育ててくれた義理のおっ母さんに、すまないという気持も、いちずに角太郎さんを好いているおきぬさんを添わしてあげなければと思いつめさせたんでしょう」

そんなおしまの心を、両親はうすうす気がついていたに違いない。だからこそ、妹のおきぬを身代りに祝言をあげさせることを思いついた。

「まあ、万事、おしまの願った通りになったからいいようなものの、一つ間違ったら、とんだことだ」

第一、当分、宮越屋は商売がしにくくなると東吾はいった。

「あそこの漆器で、娘がかぶれを起したとあっちゃ、お客は寄りつくまい」

「世間なんて、すぐ忘れますよ。使いよい道具類は、黙っていても、お客が買いにきますって……」

「そいつはどうかな」

「あたしなんか、こうやって宮越屋から買ったものばかり使ってますけど、一度も漆かぶれなんぞおこしたことはありませんもの」

「今度、なにか買って来たら、とたんに人三化七《にんさんばけしち》になったりしてさ」

「存じません。どうせ、るいは人三化七でございます」

笑い声が「かわせみ」中をつつ抜けて、嘉助もお吉も、毎度のことながら、首をすくめている。

それから十日の後、「かわせみ」に木曾へ帰る新助と、旅姿のおしまが連れ立って挨拶に来た。

「新助さんと奈良井へ参ります。あちらの御両親のお許しが出たら、新助さんのおかみさんにしてもらいます」

新助のほうが、はにかんで口ごもっていた。

「奈良井は江戸に六十三里二十八丁、京へ七十一里十二丁の山奥でございます。お江戸育ちのおしまさんに辛抱がお出来なさるか」

るいが、そんな新助に少し強い声でいった。

「江戸に住もうが、奈良井で暮そうが、女の幸せは、殿方次第でございますよ」

おしまが嬉しそうに新助をみつめ、新助の表情に度胸が浮んだ。

二人が旅立って行く木曾路には、もう真っ赤に色づいた紅葉が、山野を彩っているに違いない。

「お幸せをお祈り申して居りますよ」

少しばかり羨ましそうな声でるいがいい、二人が深々と頭を下げた。

本書は一九九一年九月に刊行された文春文庫「二十六夜待の殺人　御宿かわせみ11」の新装版です。

文春文庫

二十六《にじゅうろく》夜待《やまち》の殺人《さつじん》　御宿《おんやど》かわせみ11

定価はカバーに
表示してあります

2005年3月10日　新装版第1刷

著　者　平《ひら》岩《いわ》弓《ゆみ》枝《え》

発行者　庄野音比古

発行所　株式会社 文藝春秋

東京都千代田区紀尾井町3-23　〒102-8008
TEL 03・3265・1211
文藝春秋ホームページ　http://www.bunshun.co.jp
文春ウェブ文庫　http://www.bunshunplaza.com

落丁、乱丁本は、お手数ですが小社営業部宛お送り下さい。送料小社負担でお取替致します。

印刷・凸版印刷　製本・加藤製本

Printed in Japan
ISBN4-16-716892-8